le 27/12/2021 -



Pour Anne [illegible],

# Périandre

ou le mythe, bien réel hélas,
de certaines violences faites aux
enfants -

Bien à vous,

## Du même auteur

*Le Reniement de Patrick Treboc*, Jean-Claude Lattès, 2007.
*Un hiver avec Baudelaire*, Héloïse d'Ormesson, 2009 ; Le Livre de poche, 2011.
*L'Entrevue de Saint-Cloud*, Héloïse d'Ormesson, 2010.
*Dieu surfe au Pays basque*, Héloïse d'Ormesson, 2012 ; Le Livre de poche, 2013.
*Au nom du père, du fils et du rock'n'roll*, Héloïse d'Ormesson, 2013 ; Le Livre de poche, 2015.
*Jim*, Plon, 2014 ; Le Livre de poche, 2016.
*Lignes brisées*, Héloïse d'Ormesson, 2015.
*La Mésange et l'Ogresse*, Plon, 2016 ; Points, 2017.
*Belle-amie*, Les Escales, 2019 ; Pocket, 2020.
*Pour lui* (collaboration), Peggy Silberling, Stock, 2019 ; Pocket, 2020.
*Samaritaine Paris Pont-Neuf*, Assouline, 2021.

Harold Cobert

# Périandre

*roman*

Robert Laffont

ISBN 978-2-221-25684-8
Dépôt légal : janvier 2022
Éditions Robert Laffont – 92, avenue de France, 75013 Paris

*Aux fils.*

*Pour leur mère.*

*Il nous reste l'art pour ne pas périr de la vérité.*

Friedrich Nietzsche,
*La Volonté de puissance*

*Dans toutes les familles existe un livre*
*qu'il vaut mieux ne jamais ouvrir.*

Proverbe chinois

*Kratéa se caresse amoureusement le ventre. Seule sur la terrasse de son palais surplombant Corinthe, elle contemple la ville sur laquelle régnera un jour son fils.*

*Car elle aura un fils ; comment pourrait-il en être autrement ? N'est-elle pas celle qui a su dompter Kypsélos, celui dont l'oracle de Delphes avait prédit qu'il renverserait la dynastie des Bacchiades ? N'est-elle pas celle dont les charmes ont emprisonné dans ses filets la chair concupiscente de ce conquérant qui, nourrisson, avait désarmé de ses sourires les mercenaires envoyés pour l'assassiner dans son berceau ?*

*Oui, elle aura un fils. Comment pourrait-il en être autrement ? Elle le sait. Elle le sent du plus profond de ses entrailles de mère.*

*Elle le sait depuis toujours, depuis l'instant exact où Kypsélos a joui en elle avec un râle de contentement mêlé de douleur, ce grognement rauque et presque plaintif de petit garçon qu'ont les hommes lorsqu'ils crachent leur semence visqueuse avant de rouler lourdement sur le côté.*

*Sous la lumière crue de l'été, la cité se prélasse à ses pieds avec des allures de femme lascive. La chaleur brouille les formes des édifices ; leurs lignes ondoient, se confondent, se pénètrent les unes les autres en des silhouettes alanguies.*

*Elle aura un fils. Et son fils sera le plus aimé des souverains de la terre. Comment pourrait-il en être autrement, puisqu'il sera son fils ?*

*Peu lui importe désormais que Kypsélos déserte sa couche pour partir en guerre contre Argos et Corcyre. Peu lui importe qu'il soit plus soucieux des relations commerciales de son royaume avec les colonies de l'Ouest qu'avide de l'honorer de ses saillies brutales. Son délaissement s'avère un délassement providentiel, son éloignement la meilleure des protections. Sa bestialité pourrait endommager le trésor qu'elle garde jalousement niché au cœur de ses viscères. Elle et son fils n'ont pas besoin qu'il s'immisce tel un corps étranger au sein de l'être parfait qu'ils forment déjà tous les deux. Ils n'ont pas besoin de lui. Ils n'auront jamais besoin de lui tant qu'ils seront ensemble et unis. Et ils seront toujours ensemble et unis ; elle est sa mère, comment pourrait-il en être autrement ?*

*Oui, elle aura un fils. Et aussi longtemps qu'il l'aimera, ce fils, son fils, dominera le monde.*

La nuit était à son apogée. Une nuit claire, dégagée, entaillée d'un fin croissant de lune. Le travail avait commencé plus tôt dans la soirée.

La mère qu'elle était depuis la seconde où elle avait éprouvé les plus infimes palpitations de la vie en elle restait allongée sur la table d'accouchement. Dès les premières contractions, elle avait été emmenée à l'hôpital de la ville. Autour d'elle, des silhouettes en blouse blanche s'agitaient dans un ballet souple et précis.

Elle était seule. Ses parents attendaient sous les néons blafards du couloir. Le père de l'enfant à naître était en chemin. En déplacement pour un séminaire, il avait pris la route dès que les futurs grands-parents l'eurent prévenu de la situation. Il devait arriver au petit matin.

Son absence ne la dérangeait pas. Qu'aurait-il pu faire de toute façon, sinon l'encombrer ? Lui tenir la main ? Sans intérêt. Éponger son front couvert de sueur ? Vain. Accessoire. Non, à part gêner les infirmières, il n'aurait été d'aucune utilité. Donner la vie est depuis les ténèbres de l'humanité une affaire de femmes, un tête-à-tête solitaire avec le grand mystère de l'univers. Elles seules sont élues pour devenir les garantes de ce secret et les dépositaires de ce pouvoir. Les hommes ne sont pas dignes d'appartenir à cette élite. Eux font la guerre et donnent la mort. Même leur modeste contribution à la reproduction de l'espèce porte le sceau de leur caractère mortifère. Ne parle-t-on pas de « petite mort » pour désigner leur crachat poisseux et dérisoire ? Les mères sont l'alpha et l'oméga des mythes ; les pères ne sont qu'un détail de l'histoire. Voilà pourquoi ils n'ont pas leur place dans l'antre où éclot l'élan vital.

Elle poussait, poussait, poussait. Le sang se mêlait aux excréments. La naissance est une barbarie. La preuve irréfutable de notre nature féroce et sauvage. La douleur allait et venait malgré la péridurale. Elle serrait les dents, inspirait, poussait, expirait, poussait encore.

Après des heures et des heures, la libération s'accomplit. L'enfant respira, pleura. Il était en tout point conforme à ce que doit être un humain forgé dans les règles de l'art.

Nettoyé sommairement de la pellicule brunâtre et visqueuse qui le recouvrait, le bébé fut déposé sur la poitrine de la mère.

C'était un garçon. Un fils. Son fils.

Elle regarda la chair de sa chair. Jamais cette expression ne lui avait semblé si juste. Elle se reconnaissait en lui. Il était elle.

Il était beau, bien sûr. Malgré son visage fripé et congestionné, ses cheveux gluants et collés sur le crâne, il était le plus bel enfant du monde, il serait pour toujours le plus bel enfant du monde. Aucun ne pourrait l'égaler, puisqu'elle était sa mère.

Les femmes seraient toutes à ses pieds. Elles se donneraient toutes à lui car elle lui aurait tout donné. Mais elle serait la seule qu'il aimerait de l'amour le plus pur et le plus absolu, elle serait la première de ses femmes, pour les siècles des siècles. Aucune ne pourrait l'égaler, puisqu'elle était sa mère.

Même coupé, le cordon ombilical subsiste, membre blanc, lien invisible et indéfectible.

La béance abdominale laissait la mère partagée entre un sentiment de tristesse filandreux et une impression d'entière plénitude dont ce prolongement d'elle-même la remplissait. Elle l'avait couvé pendant neuf mois. Elle lui avait sacrifié tout son temps, toutes ses pensées, toute son attention. Elle lui sacrifierait toute son existence et il lui sacrifierait la sienne, puisqu'elle était sa mère.

Une fois dans sa chambre, l'agitation du personnel médical cessa, les pulsations stridentes des machines se turent. Le calme et le silence lui permettaient de prendre possession de son empire.

Elle contempla ce fils, son fils, étendu dans le berceau à côté de son lit. Il avait l'air si fragile, si vulnérable. S'imaginer l'exhiber à la terre entière la satura de fierté, et pourtant elle l'aurait volontiers remis bien au chaud, tout au fond d'elle pour le protéger de cette humanité inhumaine. Elle veillerait sur lui. Une lionne. Une louve.

Elle le guiderait. Elle l'aiderait à faire les bons choix, envers et contre tous, contre lui si nécessaire ; car qui d'autre qu'une mère pourrait savoir ce qui est bon pour son fils ? Elle seule savait, puisqu'elle était sa mère.

Et tant qu'il l'écouterait, tant qu'il se conformerait à ses désirs, à sa volonté et à ses décisions le concernant, prises uniquement dans son intérêt, pour son bien, tant qu'il l'aimerait de cet amour inconditionnel, exclusif, total, alors toutes les beautés, toutes les joies et toutes les richesses de cette terre ici-bas lui appartiendraient.

Il en serait ainsi, puisqu'elle était sa mère.

Jamais personne ne fut aussi pleinement, aussi parfaitement, aussi absolument mère qu'elle.

Elle avait abandonné ses études d'histoire de l'art et renoncé à devenir commissaire-priseur, sans hésitation ni regret, car elle devait se consacrer corps et âme à sa fonction tutélaire et nourricière. Comment aurait-il pu en être autrement ? Comment une femme pouvait-elle envisager une seule seconde de ne pas agir avec une telle abnégation, à moins d'être aliénée au dernier degré, la lie de l'humanité ? Elle était dépositaire de la plus sacrée des missions de l'univers. Elle avait mis au monde, elle était le centre de cette création démiurgique, elle en était la gardienne ancestrale et la protectrice dévouée.

Malgré les nuits morcelées des premiers mois, elle ne ressentait aucune fatigue. À chaque nouvelle tétée, à chaque nouvelle montée de lait, elle renaissait à elle-même. Elle se repaissait de la vitalité de son enfant et il s'abreuvait à la sienne. Son énergie était intarissable.

Le matin, après le départ du géniteur, ingénieur de son état civil, pour son bureau ou pour un déplacement, elle passait des heures à batifoler avec celui qui était désormais l'homme de la maison et de sa vie. Elle traquait ses traits dans les siens, dans la courbure du nez, la forme et la couleur des yeux, l'implantation des sourcils, l'ourlet des lèvres. Elle lui prodiguait des cajoleries chatouilleuses sans fin ponctuées par les grands éclats de rire francs et cristallins de son chérubin. Lui donner le sein lui procurait une excitation et une volupté inouïes, ivresse sensuelle décuplée une fois sortie la denture de sa progéniture. Lorsque les mordillements trop appuyés de son téton flirtaient avec la morsure, elle tressaillait d'un frisson extatique. Les moments du change étaient prétextes à une invasion de caresses et une dévoration de baisers. Elle s'enorgueillissait de voir les érections précoces de son petit mâle, en éprouvait avec amusement la raideur du bout des doigts, enchantée par cette virilité en devenir qu'elle prédisait en tout point supérieure à celle de son père.

Habiller ce prolongement naturel d'elle-même exigeait une attention particulière afin qu'il complète avec goût et harmonie sa propre tenue aussi bien qu'un collier ou un sac à main. Elle ne se lassait pas d'admirer dans le miroir les différents couples qu'ils formaient en fonction de leurs accoutrements. Ce jeu vestimentaire la ramenait aux plaisirs enfantins de jadis, lorsqu'elle jouait avec les vêtements et parures de ses poupées.

Sortir avec son bébé l'emplissait de fierté. Elle le promenait aux quatre coins de la ville, comblée d'exhiber à la terre entière la toute-puissance qui était la sienne. Elle était prioritaire partout et en tout, puisqu'elle était l'incarnation du tout. On avait l'obligation de s'écarter sur son passage. On avait ordre de lui céder la place dans les transports en commun. On était tenu d'attendre qu'elle ait fini de traverser la rue. On pliait face à l'impératif catégorique de s'incliner devant son omnipotence sous peine de répression violente.

Elle emmenait son héritier pendant des heures aux musées, chef-d'œuvre parmi les œuvres des grands maîtres. Elle lui expliquait les tableaux, lui racontait la vie des peintres, leurs particularités esthétiques, leurs techniques picturales, les spécificités de leur génie. Elle le baignait de beauté. Elle le perfusait à sa passion pour la Renaissance. Elle façonnait sa sensibilité à l'aune de la sienne. Elle toisait d'un mépris souverain ceux qui avaient le front de la regarder avec un sourire moqueur, comme si elle avait été folle. Son fils comprenait. Même endormi dans son landau ou dans ses bras, il pénétrait le sens de ses paroles qui lui donnaient autant à voir qu'à ressentir, autant à réfléchir qu'à percevoir. Elle le savait. Elle le sentait. Elle voyait derrière ses paupières closes ou dans les mouvements erratiques de ses yeux qu'il absorbait chacun de ses propos pour les faire siens. Les railleurs sous cape n'avaient aucune idée du cordon ombilical invisible qui les liait en continu au-delà du langage profane. Son fils serait un esthète. Il serait un amoureux de l'Art et deviendrait le commissaire-priseur qu'elle n'avait pas été en se sacrifiant pour lui. Il accomplirait son destin avorté pour sa plus grande gloire.

Elle approfondissait cette éducation sensorielle en rendant régulièrement visite à sa meilleure amie, également marraine de son trésor, qui travaillait dans la boutique d'antiquités familiale. Elle détaillait à l'élu de son cœur les meubles, les bibelots, les étoffes, les velours, leurs associations et leurs liaisons possibles.

De retour chez eux, elle distillait un fond de musique classique – le *Nisi Dominus* de Vivaldi interprété par James Bowman et le *Requiem* de Mozart dirigé par Herbert von Karajan étaient ses pièces favorites – et elle lui lisait des histoires, en inventait au gré de son imagination débordante. Avec elle, tout devenait fantastique. Dans son appréhension du réel, un simple biscuit se transformait en gâteau gigantesque. L'heure du bain était sa préférée de la journée. Elle se plongeait avec lui dans l'eau chaude, jouissant de sa peau nue et humide contre la sienne toute potelée. Elle improvisait des aventures aquatiques avec les jouets dévolus à cet effet, invoquant pirates, monstres marins et créatures venus des tréfonds de l'océan. Elle créait tempêtes et raz-de-marée qui éclaboussaient son chéri et provoquaient son hilarité. Elle le tenait assis, serré entre ses jambes, se pâmant de constater la délectation de son fils dans cet environnement tiède et aqueux, proche du liquide amniotique de sa matrice.

Elle dormait avec lui dans le lit conjugal. Elle avait pourtant lu, dans tous les livres spécialisés qu'elle avait dépiautés pendant sa grossesse, que ce genre de proximité ne devait pas se prolonger au-delà d'un certain âge sous peine de s'avérer néfaste. Mais elle allaitait son garçon, elle ne pouvait pas, elle ne voulait pas renoncer à cette félicité ni se dérober à son devoir de mère. Le lait maternel n'est-il pas depuis l'aube de l'humanité le meilleur que la terre ait jamais porté, le plus propice au bon développement d'un enfant ? N'est-il pas celui qui confère les défenses immunitaires les plus puissantes, celui qui rend fort et invincible quiconque se sustente à sa source ? Et puis, ne savait-elle pas mieux que personne ce qui était bon pour sa descendance ? Oui, ces prétendus ouvrages de référence n'étaient que des généralisations outrancières, de la pure masturbation intellectuelle accouchant de stériles éjaculations cérébrales. Elle seule savait ce qui était bon pour le fruit de ses entrailles. Dans cette configuration, le père se devait de céder la place. Il aurait pu l'écraser de tout son poids en se retournant dans son sommeil. En outre, cela lui évitait la fatigue des réveils nocturnes qui blanchissent les nuits. Ce simple géniteur était tout aussi bien sur le canapé du salon. De toute façon, il les trouvait la majeure partie du temps déjà assoupis ensemble lorsqu'il rentrait de son travail ou d'un de ses déplacements. Un convertible serait bientôt installé dans le bureau pour lui ménager plus de confort. Ainsi en avait-elle décidé, pour le bien de tout le monde, de ce monde dont elle était l'alpha et l'oméga et sur lequel elle régnait et régnerait à jamais sans partage.

L'enfant grandissait. La mère s'émerveillait chaque jour de ses progrès. Elle lui apprenait à parler avec une élocution nette, à employer des mots précis et variés. Elle lui enseignait le dessin, guidait son trait parfois hésitant, l'encourageait, le félicitait. Elle l'emmenait chiner dans les brocantes avec sa marraine, sa deuxième mère, celle qui s'occuperait de lui, l'entourerait de sa douceur et de son affection si jamais un malheur lui arrivait. Elle le sortait au parc quel que soit le temps. Elle se réjouissait de voir qu'il n'était pas sujet à la peur sans être bêtement téméraire pour autant, qu'il savait jauger le danger d'une situation, qu'il ne se laissait pas faire par les autres rejetons hurlants, tous des sauvageons, sans aucune éducation, tellement laids en comparaison de son prodige. En revanche, si l'un d'eux esquissait un geste teinté d'agressivité à son endroit, elle l'incitait à riposter vertement, pourrissant sur place les parents qui osaient se dresser contre son fils et sa défense légitime face à la barbarie de ce résidu placentaire insignifiant, crocs et griffes dehors, une lionne, une louve, prête à en venir elle aussi aux mains s'il le fallait.

Son petit homme ne l'appelait que par son prénom. Elle adorait s'entendre dans sa bouche. Et puis elle n'aimait pas cette distance, cette frontière et cette hiérarchie voilée qu'instituait le mot « maman ». Certes, elle était sa mère, mais elle était également son amie, sa complice et sa confidente. Elle cultivait cette intimité, leur intimité, avec une attention jalouse. Si le père avait fini par réintégrer sporadiquement la couche maritale, elle profitait souvent du sommeil paternel pour rejoindre son garçon pendant la nuit, se glisser nue sous ses draps et serrer son corps si chaud contre le sien. Heureusement, la carrière de cet intrus ronflant était en pleine ascension, ses déplacements loin du domicile familial pour des colloques et séminaires se multipliaient. En son absence, elle jouissait de s'endormir dans le grand lit parental avec son chéri devant un vieux film en noir et blanc ou un documentaire consacré à l'histoire de l'art. Elle n'avait ni secret ni pudeur pour la chair de sa chair. Ils se parlaient sans gêne depuis les toilettes ou la salle d'eau, dont les portes n'étaient jamais fermées. Et le bain du soir, qu'ils prenaient toujours ensemble, était un moment de communion et de complicité privilégiées, leur moment à eux seuls, propice aux chamailleries et aux rires.

Puis vint le jour où le fruit de ses entrailles eut trois ans, cet âge fatidique sonna le glas de sa félicité existentielle en vase clos. Le père entendait en effet que leur fils aille à la maternelle. Il estimait qu'il était temps pour lui d'entamer un détachement du gynécée originel et de commencer à se familiariser avec la vie en communauté. Si la mère s'opposa à ce diktat absurde avec férocité, elle se heurta à une conjuration déloyale réunissant dans une même forfaiture son mari, ses parents et ses beaux-parents.

À mesure que l'inéluctable approchait, elle sentait ses viscères se serrer jusqu'à la nausée. De quel droit la séparait-on de son bébé ? Au nom de quel principe éducatif absurde se liguaient-ils tous contre elle pour l'arracher à lui, et lui à elle, alors même qu'aucune obligation légale en la matière ne l'y contraignait encore ? Qu'allait-elle faire sans lui toute la journée ? Et lui, qui s'occuperait de lui ? Qui étaient ces femmes auxquelles elle serait bientôt obligée de confier son bien le plus précieux ? Qui étaient ces usurpatrices ? En quoi étaient-elles habilitées pour prendre soin de lui et oser se substituer ainsi à elle, sa mère, la seule digne et capable de s'acquitter d'une telle mission ? Beaucoup étaient certainement des jeunes écervelées, des laiderons en désespoir affectif et en naufrage professionnel, qui échouaient là faute de mieux, ignorantes patentées de la maternité réellement éprouvée et du lien indéfectible tissé avec son enfant. Et pour celles qui étaient mères, que savaient-elles de son fils à elle, de ses besoins, de la manière d'y répondre, de sa splendeur, de son unicité ? Et les hommes exerçant ce type de métier ? Ne risquait-on pas de livrer un innocent à un pédophile de la pire espèce car, sinon, pourquoi choisir ce type de profession ? L'éducation, la religion et le sport étaient truffés de ces êtres abjects qui fauchent et lapident des existences dans la candeur et la virginité de l'enfance. Et même aux femmes, en quoi pouvait-elle leur faire confiance ? Ne pouvaient-elles pas s'avérer encore plus retorses, plus perverses et plus toxiques que leurs homologues masculins, parce que plus vicieuses, plus insidieuses, et donc plus dangereuses dans leurs ravages invisibles et irréversibles ? Son entourage avait beau lui asséner que l'heure de couper le cordon ombilical était venue, que c'était dans l'ordre naturel des choses, que cela serait bon pour son petit, pour sa sociabilité, pour le développement de son système immunitaire – attraper les miasmes et les maladies d'étrangers, très peu pour elle –, elle n'en démordait pas en son for intérieur, elle ne pouvait raisonnablement pas accepter qu'advienne une telle tragédie. Elle se devait d'agir. Pour lui, pour elle, pour eux deux. Oui, c'était son devoir de protéger son trésor de ces atrocités, coûte que coûte.

Arrivé le matin maudit de la rentrée, elle n'avait toujours pas trouvé de solution. Lorsque, avec les parents présents, elle fut invitée à quitter la salle de classe, elle eut l'impression d'être éventrée. Et quand elle vit son fils, le visage rougi par les larmes et défiguré par la douleur, tristesse archaïque et primitive, le son de ses pleurs stridents qu'elle reconnaissait parmi les jérémiades plaintives des autres, elle ressentit un vide abyssal et glacial en elle, comme si elle implosait et s'effondrait en mille éclats de verre polaires à l'intérieur d'elle-même, un vide qui ne la quitta pas du reste de la journée ni les jours suivants, contre lequel elle ricochait sans cesse, noyée dans une torpeur proche de l'anéantissement.

Le vendredi, son chérubin lui rapporta de la fièvre à la maison, contaminé par cette faune grouillante de microbes et de bêtise. Alors qu'elle le veillait à son chevet, persuadée qu'il était aussi malade d'être arraché à elle, l'illumination la frappa. Cette affection infantile était une bénédiction. Non seulement elle lui permettait de garder quelques jours son fils auprès d'elle, au chaud, mais elle lui offrait une issue pour l'exfiltrer le plus possible du cloaque dans lequel il se trouvait jeté et être enfin réunis. Elle se rendit chez son pédiatre. Elle le questionna sur le bien-fondé d'envoyer son enfant dans cette fosse purulente d'une façon si brutale et prématurée. L'homme de science ne trouva aucune objection à ce qu'il poursuive normalement sa scolarisation. Elle n'argumenta pas, le remercia pour ses lumières et repartit avec son ordonnance.

Le soir, elle s'apprêta avec soin, confia son petit à sa marraine et donna rendez-vous à son mari dans un restaurant où ils avaient coutume d'aller avant la naissance de leur garçon. D'une manière anodine, elle raconta sa consultation de l'après-midi. Avec un air embarrassé, elle expliqua que le médecin avait déconseillé une maternelle à temps complet au profit d'une présence à raison de deux demi-journées par semaine.

« Mais comment vas-tu faire, toi qui envisageais de peut-être travailler à mi-temps chez ton amie antiquaire ?

— Ne t'inquiète pas, je lui en ai déjà parlé, elle n'y voit aucun inconvénient, à condition que je mette les bouchées doubles. Il faut dire que ses affaires sont en pleine croissance, elle a vraiment besoin de quelqu'un pour l'aider et continuer de se développer.

— Alors, c'est parfait pour moi. Je suis content que tu reprennes une activité "normale", et pas seulement du point de vue financier. »

Elle afficha un sourire de femme amoureuse pour masquer les sentiments mitigés qu'elle éprouvait depuis son accouchement pour cet homme et sa petitesse pécuniaire alors même qu'il gagnait très bien sa vie.

En rentrant, elle sacrifia à son devoir conjugal pour enfoncer le clou et s'assurer que son époux ne changerait pas d'avis. Afin d'éviter toute nouvelle grossesse inopinée, elle reprenait la pilule avec une rigueur de métronome allemand. Elle savait que son mari aurait volontiers vu leur famille s'agrandir encore. Mais, pour elle, c'était inconcevable. Son amour était indivisible. Jamais la chair de sa chair ne lui pardonnerait une telle trahison et jamais elle ne se pardonnerait de lui avoir fait un enfant dans le dos. Il était et resterait le seul et l'unique, pour toujours.

Le lendemain, elle annonça la bonne nouvelle à son fils. L'explosion de sa joie la transporta.

« Mon amour, il y a quelque chose que je dois te dire. »

Il s'assit sur les genoux de sa mère.

« J'ai dû faire une vilaine chose pour convaincre ton père. Je lui ai un peu menti sur ce que nous a préconisé le docteur, donc si jamais il te pose la question, tu lui confirmeras bien que ce que je lui ai dit est vrai ?

— Oui !

— Promis ?

— Promis !

— Ce sera notre secret ?

— Notre secret ! »

Il leva les bras au ciel en signe de victoire avant d'enlacer sa mère. Elle le serra fort contre elle, de nouveau pleine d'elle-même.

Le fils entra à l'école. Cette fois, la mère ne put rien faire pour empêcher leur séparation quotidienne. Afin de meubler le vide que cette absence creusait dans son existence, elle travaillait à mi-temps dans la boutique d'antiquités de son amie, marraine de son chéri.

Les débuts de son écolier s'avérèrent difficiles. Peu habitué à une autre autorité que la sienne et à la frustration de ses désirs, il peinait à s'intégrer et à considérer les étrangers qui l'entouraient.

Les premiers mois furent particulièrement tendus. En classe, il répondait à son institutrice, se levait quand bon lui semblait, rechignait à obéir aux consignes ou à faire les exercices demandés. Dans la cour, il se battait avec quiconque avait le front de s'opposer à ses envies de jeu ou à sa volonté.

La mère était régulièrement convoquée par son enseignante ou par la directrice. Elle ne s'en laissait pas conter, elle défendait bec et ongles la chair de sa chair :

« Attendez, si je comprends bien, mon garçon est la victime d'agressions répétées et vous faites de lui l'agresseur ? Mais je rêve, on marche sur la tête ! Ce n'est pas ma faute si tous ces gosses sont des sauvages sans aucune éducation. D'ailleurs, on se demande bien ce que font leurs parents. Et après on s'étonne que le monde aille si mal... Vous imaginez quels adultes cela va donner plus tard ? »

Et de conclure une longue diatribe contre ceux qui martyrisaient son protégé et sur l'état général de la société :

« Dans tous les cas, ne comptez pas sur moi pour dire à mon fils de s'écraser. Ce n'est pas le genre d'homme que je veux qu'il soit. »

Le père se retrouvait obligé de prendre le relais pour éviter un envenimement de la situation. L'établissement scolaire était le meilleur de la ville, il ne voulait pas priver son enfant d'un enseignement de cette qualité. Il tempérait les véhémences de la mère et les outrances du fils, cherchait des compromis, s'engageait sur une méthode et un calendrier de progression.

Son attitude conciliante et diplomate avec le corps professoral générait des tensions au sein du couple.

« Ça ne m'étonne pas de toi, vu comment tu es corvéable à merci par tes supérieurs ! »

Le ton montait, la conversation virait à la scène de ménage et tournait court. Le père fuyait le champ de bataille pour dormir dans son bureau et la mère partait se coucher avec son petit homme, laissant le lit conjugal à l'abandon, cratère de leurs désaccords parentaux. Lorsque le fils interrogeait sa mère sur les éclats de voix entendus, elle répondait :

« Ce n'est rien, mon amour, ton père s'est une nouvelle fois écrasé devant ta maîtresse. Mais nous, on n'est pas comme lui.

— J'aime pas quand vous vous disputez avec papa. »

Elle s'allongeait nue avec lui et le prenait dans ses bras.

« Ne t'inquiète pas, je suis là. Il ne peut rien t'arriver de mal tant que je suis là. Et tu sais que je serai toujours là pour toi. »

Le jeune trublion s'en voulait d'être une source de discorde entre ses parents. De lui-même, il changea de conduite. Au lieu de s'imposer par la brutalité auprès de ses camarades, il joua de la séduction et de la persuasion, ne recourant à la force physique que d'une manière défensive. Grâce à ce nouveau comportement, il ramena dans son camp l'institution ainsi que son père aux côtés de sa mère, rétablissant une zone de paix et de concorde autour de sa personne au sein du foyer familial. Il devint également l'un des élèves les plus populaires de son école : il était de tous les anniversaires, de toutes les soirées pyjama, constamment invité à passer la nuit chez l'un, un week-end chez l'autre. Et plus les années s'écoulaient, plus il était convié à des réjouissances en tout genre.

Sa mère ne désemplissait pas de fierté et participait activement à la notoriété de son héritier. Les copains de son fils étaient en permanence les bienvenus dans sa maison car ils étaient évidemment les siens. Tous l'adoraient et l'appelaient eux aussi par son prénom. Elle leur racontait des histoires abracadabrantes, prenait part à chacun de leurs jeux, les emmenait au parc, au cinéma, à la plage, à la campagne, à la piscine, transformant chaque activité en aventure extraordinaire. Chez elle, régnaient liberté, transgression et plaisirs. Tout ce qui était interdit dans les autres familles était permis : quart d'heure gros mots, manger avec les doigts, frites, pizzas, hamburgers, chips, hot-dogs, sodas, glaces et bonbons.

« Vous ne direz rien, mes petits, leur répétait-elle, c'est nos secrets à nous. »

Et ils juraient silence et fidélité à cette femme qu'ils auraient tant aimé avoir pour mère, cette mère idéale, une mère à qui ils pouvaient parler, se confier, une mère qui les conseillait dans le sens qui les galvanisait et leur arrangeait parfois des coups avec leurs parents si stricts et si ennuyeux en comparaison d'elle.

Au milieu de ce tourbillon joyeux, devenu presque quotidien grâce aux nouvelles fonctions du père qui l'obligeaient à séjourner toute la semaine dans une ville à plus de deux cents kilomètres de leur cocon, seuls les résultats scolaires du fils venaient parfois ternir la bonne ambiance de la sphère familiale. S'il excellait en dessin ou en sport, ces notes dans les autres matières laissaient franchement à désirer, surtout en mathématiques. En raison de son statut et de ses qualités d'ingénieur, le père essayait de l'aider lorsqu'il était présent le week-end. Mais la mauvaise volonté de son garçon alliée à la mauvaise foi de sa mère finissait par lui taper sur les nerfs.

« Enfin, calme-toi. Ton fils n'est pas toi, il est plus artiste que matheux, comme moi. Accepte-le et tu verras que ça ira tout de suite mieux. »

Le léger surpoids de leur enfant et son régime alimentaire peu équilibré étaient également des sujets d'achoppement. Là encore, la mère balayait les arguments du père d'un revers de main :

« Laisse-le vivre, ce sont juste les rondeurs normales de l'enfance, elles disparaîtront en grandissant. Et puis, tu n'es pas souvent là à cause de ta carrière, il faut bien qu'il compense ton absence. »

Fatigué de lutter contre des moulins domestiques, accaparé par ses récentes responsabilités, rincé par sa charge de travail, il capitula. Il voyait trop peu sa femme et son fils pour gâcher les rares moments qu'il passait avec eux par des conflits inutiles et des prises de bec stériles. Il accepta de se contenter des miettes que la mère consentait à lui concéder pour se concentrer sur sa vie professionnelle dans laquelle il s'épanouissait et où, là, on l'écoutait.

La mère triomphait. Elle était seule maîtresse à bord de sa maison et de son fils.

Un dimanche soir d'hiver, la dernière année de primaire de son chéri, la mère entra dans la salle de bains pour récupérer une paire de ciseaux, alors que son petit homme barbotait dans l'eau tiède. Pour la première fois, il sursauta et se recroquevilla sur lui-même.

« Depuis quand tu te caches devant ta mère ? »

Face à la gêne de son fils et à son absence de réponse, elle s'accroupit à sa hauteur.

« Quelque chose ne va pas ? Tu sais que tu peux tout me dire, pas vrai, mon amour ?

— Je... »

Il n'osait pas parler.

« Dis-moi ce qu'il se passe. Quoi que ce soit, on va trouver une solution.

— Je suis gros.

— Comment ça, tu es gros ?

— Les autres se moquent de moi à l'école. »

La figure maternelle céda la place à celle de la louve sanguine et clanique.

« Comment ça, les autres se moquent de toi ?

— Il y en a qui me traitent de gros lard ou de gros plein de soupe.

— Qui dit ça ?

— Des garçons, des filles.

— Tu veux que j'aille leur parler ? »

Le fils hocha négativement la tête. La mère se redressa.

« Lève-toi. »

Il la dévisagea avec l'air de ne pas comprendre.

« Mets-toi debout, que je vois si tu es vraiment gros. »

Après un instant d'hésitation, il s'exécuta. Sa mère le scruta longuement avant de lui faire signe de se rasseoir dans son bain.

« Tu n'es pas gros, ces imbéciles disent n'importe quoi. Tu vas grandir et il n'y paraîtra plus rien.

— Tu crois ?

— Je le sais, je suis ta mère. J'étais comme toi quand j'étais petite. Les filles et les garçons de ma classe m'appelaient bouboule. J'ai fait un petit régime, j'ai grandi, et regarde-moi maintenant. »

Elle se déshabilla entièrement et tourna sur elle-même.

« Tu vois ? Aujourd'hui, je peux manger n'importe quoi, je ne prends pas un gramme. »

Elle eut une expression narquoise de gamine, enjamba la baignoire, se plongea dans l'eau et commença à asperger son fils. Il répliqua à son tour en riant et ils se chamaillèrent, éclaboussant partout autour d'eux aux cris de « C'est la tempête ! C'est la tempête ! ».

Attiré par ce remue-ménage, le père passa une tête dans l'encadrement de la porte.

« Ça rigole bien ici, dites-moi ! »

Son intrusion jeta un froid. Il demanda à la mère :

« Il n'est pas un peu grand pour prendre encore son bain avec toi ? »

L'accusée interrogea son fils du regard, qui répondit à sa place :

« On fait rien de mal, on s'amuse juste. »

Le père se barricada derrière un sourire impuissant.

« Bon, je vais préparer mes affaires. J'ai une semaine difficile. Je pars tôt demain matin. »

Ils étouffèrent un début de fou rire, tandis que ses pas s'éloignaient dans le couloir. D'un coup, le fils se fit plus grave :

« Je pourrais le faire, moi aussi, ton régime ?

— Oui. Et tu verras, après, les filles ramperont pour être tes fiancées et tu pourras te venger de ces pestes. C'est ce que j'avais fait avec les garçons lorsque j'avais minci à ton âge. »

Elle réfléchit quelques secondes et dit :

« Tu sais quoi ? On va le faire ensemble ce régime, en amoureux. »

Les yeux de son enfant s'illuminèrent.

« Oui !

— Et on va aussi faire autre chose.

— Quoi ? »

Elle lui fit signe de s'approcher et parla à voix basse :

« Je me suis encore pris la tête avec ton père tout à l'heure au sujet de ton bulletin du premier trimestre.

— Il est super chiant avec ça... les maths, les maths, les maths ! Y a pas que les maths dans la vie !

— S'il n'était chiant qu'avec ça... mais bref, ce sont des problèmes de grands. Il y a quand même une chose sur laquelle je suis d'accord avec lui, c'est que tu peux faire beaucoup, beaucoup mieux. »

Le fils se renfrogna.

« Tu vas pas t'y mettre toi aussi ?

— Non, je te propose de fermer le clapet de ton père en lui prouvant que tu es capable d'avoir de meilleurs résultats dans toutes les matières, sans lui. Comme ça, il arrêtera de nous bassiner avec l'école. »

Le fils bomba le torse avec un air de défi.

« Oui, on va lui montrer ! »

La mère ouvrit ses bras :

« Viens là, mon amour. »

Il vint se blottir contre elle, la tête sur sa poitrine mouillée.

« Tu vas voir, on va lui montrer un peu qui on est à ton père. On va lui montrer qu'on n'a pas besoin de lui. »

*Kratéa regarde son fils Périandre grandir avec admiration et émerveillement.*

*Il sera un plus grand roi que son père, le plus grand roi que la terre, l'histoire et l'humanité auront porté en leur sein. Car elle, Kratéa, est désormais la terre-mère, l'histoire en chair, l'humanité tout entière. Elle est l'alpha et l'oméga de l'univers, puisqu'il est son fils.*

*Ce prolongement d'elle-même la comble comme aucun homme ne l'a comblée auparavant, comme aucun homme ne saura jamais la combler.*

*Il est beau. Il est la perfection incarnée, l'harmonie personnifiée, un chef-d'œuvre vivant. Son chef-d'œuvre. À chacune de leurs apparitions publiques, que ce soit parmi les ministres, les familles de la noblesse ou au contact du peuple, il attire tous les regards et toutes les sympathies. Les servantes et les serviteurs du palais sont tous sous son charme, ils s'inclinent instinctivement devant la puissance de son charisme naturel et de sa grâce innée. Qu'il soit appelé à régir un jour le cours de leur destinée n'est en rien lié à la fascination et à l'attraction qu'il exerce sur le monde entier. Il est de la race des seigneurs parce qu'elle est de la race des reines et qu'il procède d'elle.*

*Il excelle en toute matière. Les exercices du corps et de la guerre ne présentent aucune difficulté pour lui tant il est agile, tant son caractère est trempé dans le courage des conquérants. Les subtilités de l'esprit ne recèlent aucun mystère pour lui, il est aussi bon géomètre que versificateur tant son intellect est véloce, tant sa mémoire semble préexister au savoir même.*

*Tout cela emplit Kratéa de fierté. Les qualités et la supériorité de sa descendance lui renvoient la perfection et les splendeurs qui sont les siennes. Elle baigne dans une félicité absolue. Elle se sent pleine d'elle-même.*

*Et au-delà, l'intimité sans frontière dont elle jouit avec son fils la fait déborder d'elle-même et lui procure une allégresse proche de l'extase. Bien que l'ancien bébé tout potelé soit maintenant un jeune homme dans la pleine vigueur de son âge, ils continuent de se baigner ensemble et de partager cette proximité chaude et humide qui les unissait à l'origine. Leurs salles de bains respectives ne disposent pas de portes, l'un et l'autre se rendent visite quand bon leur semble et sans sacrifier à la nécessité de se faire annoncer. Car leurs échanges sont constants, leurs liens permanents. Kratéa est perpétuellement prête à accueillir les confidences et les interrogations de l'amour de sa vie, des plus bénignes aux plus intimes, et lui toujours avide de bénéficier des conseils avisés de sa sagesse matricielle. Aucun tabou ni aucun secret n'existe entre eux. Aucun tabou ni aucun secret ne saurait exister entre eux, ni aujourd'hui ni demain, jusqu'à ce que la mort les sépare.*

*Admirer année après année le fruit de ses entrailles devenir un homme accompli plonge paradoxalement Kratéa dans des abîmes de tristesse aussi insondables que diffus.*

*Cesser de lui donner le sein a été pour elle une déchirure infinie. Elle l'a nourri le plus longtemps possible à la source de son lait maternel, le meilleur du monde, celui qui protège et rend invincible, même lorsque les dents de son petit garçon étaient toutes formées et sorties. S'il lui fallait endurer les morsures que la denture de sa progéniture lui infligeait, la douleur ressentie s'effaçait derrière une intense sensation de jouissance.*

*Ne plus partager le lit de cette excroissance parfaite d'elle-même lui a laissé la douloureuse impression d'être fendue en deux, amputée d'un organe vital. Elle en veut à Kypsélos d'avoir décrété que le temps était venu pour Périandre de dormir seul et de les avoir ainsi séparés pour d'absurdes préjugés d'éducation. N'y a-t-il pas des moyens plus subtils d'endurcir le caractère ? La douceur ne forge-t-elle pas d'autres vertus de tempérament, telles la souplesse, l'habileté, la séduction ou la ruse, aussi nécessaires pour exercer le pouvoir que l'autorité et la force ? Et puis, son fils ne dort-il pas mieux avec elle, et elle avec lui ? Oui, sa présence rassurante est primordiale à son bon développement, à son équilibre, à son bien-être, et par conséquent au bon devenir de Corinthe sur laquelle il régnera. Heureusement, Kypsélos est trop occupé à bivouaquer pour faire la guerre ou à séjourner loin de la cité pour s'occuper des affaires commerciales de son empire. Ses absences permettent à Kratéa de se glisser la nuit tombée dans la couche de son enfant adoré et de s'endormir nue contre lui en enlaçant son corps si ferme, si chaud.*

*Mais le pire, ce qui la noie dans des états d'afflictions sans fond, est de l'imaginer s'abandonner aux soins et à l'affection d'une autre qu'elle. Penser à son fils assouvissant simplement ses besoins de mâle avec quelque servante ou fille du peuple ne lui cause aucune peine. Au contraire, elle le comprend et l'accepte ; il faut bien que la nature s'épanche, cela fait partie de son apprentissage d'homme et de souverain. Elle orchestre d'ailleurs ses saillies hygiéniques avec minutie et épie à la dérobée ses ébats avec une attention particulière. Elle dirige ces relations ancillaires qui satisfont ses pulsions afin qu'elles lui apprennent en son nom à être un homme complet, un homme capable de donner du plaisir aux femmes. Contempler en ces occasions combien elle l'a réussi jusque dans sa virilité triomphante la gonfle d'orgueil. L'observer jouir et faire jouir ces femelles lui procure un contentement proche de l'orgasme. Parfois, elle se laisse aller à la douce rêverie d'être celle qui accueille ses assauts et ne peut réprimer une délicieuse langueur. En revanche, que la chair de sa chair puisse un jour aimer une autre femme d'un amour plus fort et plus absolu que celui qu'il éprouve pour elle, un amour dont elle serait exclue parce que mêlant les sentiments et le corps, fusionnant l'esprit et le désir charnel, cette perspective la met à la torture, presque à l'agonie.*

*Ce jour maudit, elle le redoute comme un condamné espère l'heure de son exécution. Elle sait qu'elle en mourra à l'intérieur d'elle-même.*

*Pourtant, une fois son fils devenu roi, la pérennité de l'empire imposera la nécessité d'un tel arrachement.*

Le départ du père laissa la mère maîtresse de son fils. Même s'il n'avait jamais été un obstacle véritable, elle avait enfin le champ et les mains libres pour façonner son petit homme en devenir selon ses désirs, au moment crucial où il s'apprêtait à aborder le délicat virage de l'adolescence.

L'éviction finale du géniteur s'était avérée aisée. En fouillant ses affaires, la mère avait découvert des notes pour des nuits d'hôtel passées en semaine dans leur propre ville, alors qu'il était censé être à un colloque dans une autre région. Elle l'avait confondu sans difficulté. Sa fureur de louve avait été implacable.

« J'ai sacrifié ma carrière à la tienne pour élever correctement notre enfant et toi, toi, tu te vautres dans la vulgaire tromperie avec une collègue de séminaire ? »

Le coupable adultérin s'était retrouvé relégué de façon définitive au convertible de son bureau et sommé de se rendre le plus possible absent pour raisons professionnelles. Elle voulait protéger son garçon dont le régime effectué et sa croissance continue lui conféraient aujourd'hui une ligne élancée et un affermissement de sa confiance en lui. Elle voulait le préserver jusqu'à la fin de l'année scolaire pour ne pas compromettre l'amélioration de ses résultats, mathématiques comprises, à laquelle elle avait contribué par sa présence active et ses encouragements quotidiens.

« On a réussi à remonter la pente d'une manière plus qu'honorable, sans toi, je ne veux pas prendre le risque de le perturber plus qu'il ne le sera. »

Elle entendait également préparer au mieux la chair de sa chair, si sensible, à l'annonce de la séparation et à la déflagration ravageuse qu'elle provoquerait dans l'équilibre de son intimité déjà chamboulée par les premiers soubresauts des transformations hormonales liées à son âge.

« Ton père a beaucoup de travail, mon amour. Mais on est habitués tous les deux à ce qu'il nous abandonne pour ses réunions et ses déplacements. On s'en sort très bien sans lui, il n'y a aucune raison que cela change, ne t'inquiète pas. »

Aux premiers jours des grandes vacances, après des mois de mensonges latents et de faux-semblants domestiques, le mari fautif avait dû expliquer la situation à leur progéniture en endossant l'entière responsabilité de ses actes et les pleines conséquences qu'ils engendraient. Il avait ensuite fait ses bagages et cédé la place. Ainsi l'avait-elle décrété.

Face au désarroi de son fils qui, voyant la stabilité de son univers s'écrouler, jurait entre deux crises de larmes qu'il ne serait jamais comme son géniteur, la mère enfonçait le clou.

« Ton père est juste un homme : irresponsable, lâche et dirigé par sa seule petite tête. Toi, tu es différent. Tu seras un homme bien, honnête et droit. Je le sais, parce que tu es mon fils et que je serai toujours là pour toi. Tu verras, on va être heureux, tous les deux. »

Débarrassée de l'importun, leur vie prit des allures de fêtes et de tourbillons permanents. Lorsqu'ils n'allaient pas à l'opéra, à un concert de rock, au cinéma, à un vernissage ou à une rétrospective d'un grand maître de la peinture, leur maison se transformait en une turbulente auberge espagnole. Les copains du fils étaient constamment les bienvenus pour goûter, dîner, dormir, passer des week-ends. Cette jeunesse pubère se mêlait sans distinction aux amis de la mère qui ne cessaient d'investir le foyer de leur bonne humeur et de leur mauvais esprit rieur. Au premier rang de ces aficionados figuraient la marraine du nouveau maître des lieux ainsi que son parrain, un homosexuel exubérant à l'humour acide et égrillard, commissaire-priseur de haute volée, expert international de la Renaissance, dont le plaisir ultime consistait à dévoyer les bons pères de famille bourgeois lassés de leur séance de jambes en l'air du samedi soir avec une bobonne qui occupait ses journées à prendre soin des enfants et à s'empiffrer des gâteaux cuisinés à leur attention, plaisir qu'il prolongeait en régalant cette sémillante société du récit de ses aventures polissonnes.

« Ton voisin notaire, si propre sur lui avec ses petites lunettes rondes et sa petite serviette en cuir, eh bien, figure-toi que je l'ai vu l'autre soir au bois entouré d'une dizaine d'étalons, et je peux te dire qu'elle n'était pas farouche, la bourgeoise ! »

Il adorait rassembler autour de lui son filleul et ses camarades pour leur dispenser des « leçons de choses ».

« Les filles, il faut que vous sachiez que devant, c'est bien, mais il y a derrière, ce qu'on appelle "la cave"... »

Et tous riaient de l'entendre débiter des horreurs à ce parterre adolescent frémissant de ces « choses » qui les travaillaient en sous-main.

Ce tourbillon se prolongeait par des invitations régulières dans les villas des uns et des autres sur la côte. Au programme, bateau, plage, discussions enflammées à propos de l'art, dîner et légèreté. La mère et ses complices aimaient se prélasser nus au soleil afin de ne pas exhiber des marques blanches jugées disgracieuses. Le fils et ses acolytes qui l'accompagnaient à l'occasion portaient, eux, des maillots avec toute la pudeur de leur pubescence balbutiante, provoquant les sarcasmes grivois du parrain quant à leur pudibonderie :

« Les filles, il faut laisser respirer vos organes, sinon ils vont moisir, et tomber ! »

Il demandait à la mère :

« Tu lui as fait un beau chichi à mon filleul ?

— C'est la partie de son anatomie sur laquelle je me suis le plus appliquée pendant neuf mois.

— Tant mieux, il est bon qu'il soit digne de moi pour m'accompagner au bois ! »

Parfois, le fils surprenait les regards de ses amis de classe s'attardant sur sa mère. S'il interrompait leur contemplation libidineuse d'un grand coup de coude dans leurs côtes, il ne pouvait s'empêcher de ressentir une certaine fierté derrière la gêne qui l'assaillait de découvrir sa mère objet de désir.

En comparaison de cette existence festive, les moments que le fils passait avec son père se révélaient ternes et fades. Il s'y pliait avec une lassitude et un ennui manifestes, auxquels s'ajoutait la défiance sourde envers la femme partageant désormais la vie de son géniteur. Il ne comprenait pas que l'on puisse quitter une personnalité aussi brillante et extraordinaire que sa mère pour une personne aussi insipide et dénuée de goût. Ainsi gardait-il ses distances et accomplissait-il le strict minimum exigé par la politesse. Quant à la fréquence de ses visites obligatoires, elles se réduisirent à peau de chagrin après le déménagement du père dans la ville de sa nouvelle concubine, à plus de huit cents kilomètres de celle où il restait vivre avec sa mère. Il s'y rendait pour Noël, pour les anniversaires, éventuellement un week-end pendant les vacances scolaires – et encore, s'il n'avait pas prévu d'autres réjouissances plus intéressantes.

À quelques semaines de la fin de l'été et de la rentrée, la mère demanda à son fils quel beau-père il préférerait avoir entre son parrain et un galeriste d'art contemporain membre de leur bande de joyeux drilles.

« Parrain aime les hommes, je ne comprends pas ta question.

— Tu sais bien ce qu'il dit : ne jamais rester trop longtemps seule au risque d'avoir des toiles d'araignées entre les cuisses ! »

Le fils la dévisagea avec incrédulité. Il prenait conscience pour la première fois que sa mère était aussi une femme et qu'elle avait une vie sexuelle dont il était apparemment exclu.

« Tu ne peux pas aimer un autre homme, tu es ma mère ! »

Il se mura dans le mutisme. Elle lui prit la main.

« Tu sais, mon chéri, je me suis mise entre parenthèses pendant des années pour la carrière de ton père et pour t'élever. Je ne regrette rien, surtout quand je vois l'homme que tu es en train de devenir, mais j'ai besoin de m'accomplir, moi. Et puis, notre ami galeriste est bien plus drôle que ton père, sur tous les plans. Tu l'apprécies, d'ailleurs, non ? Vous vous entendez bien tous les deux ? »

Le fils tenta de dégager ses doigts pris dans ceux de sa mère. Elle les lui serra plus fort.

« Je ne l'aime pas comme je t'aime toi, je ne l'aimerai jamais comme je t'aime toi car tu seras toujours le plus grand amour de ma vie. Ne sois pas inquiet, il ne changera rien à notre vie à tous les deux. »

Le fils regarda leurs mains emmêlées.

« Promis ?

— Promis. »
Il sourit dans le vide.
« Notre secret ? »
La mère sourit à son tour.
« Notre secret. »

La mère installa son fils sous les combles après avoir effectué des travaux pour les transformer en véritable appartement. Elle agença cette garçonnière avec un goût féminin saupoudré d'un zeste de sensualité et l'aménagea avec du mobilier XVIII$^{e}$, sa période favorite pour les arts décoratifs. La chambre exhibait des tonalités chaudes de velours bordeaux, le bureau-boudoir alliait bleu roi et coquille d'œuf, le couloir dévidait une ambiance boisée et feutrée. Quant à la salle de bains, elle imitait la cabine d'un bateau en bois gris et blanc. Les murs égrenaient des miroirs qui agrandissaient l'espace ainsi que des gravures d'époque encadrées avec soin, dont certaines légèrement licencieuses.

Son fils grandissait. Même s'il resterait à jamais son petit à elle, force était d'admettre qu'il devenait un homme sur le plan physique. Elle le voyait au duvet de sa moustache qu'il commençait à raser, à son corps qui continuait de s'allonger et à se densifier, exigeant un renouvellement incessant de ses vêtements ; elle l'entendait à sa voix qui était passée d'un timbre cristallin à une sonorité éraillée avant de s'adoucir en des notes plus graves et plus suaves. Elle le remarquait surtout à ses caleçons. Lorsqu'elle les ramassait dans le panier de linge sale, où il n'était pas rare qu'elle les trouve tachés sur le devant d'une pellicule blanchâtre séchée et craquelée, traces et preuves d'une masculinité naissante qu'elle ne pouvait parfois s'empêcher de toucher ou de sentir. Quand elle les étendait également, constatant avec fierté que la bosse moulée dans leur tissu grossissait, de plus en plus prononcée et proéminente. Elle s'enorgueillissait de cet état de fait, enchantée de voir confirmées ses prédictions du temps béni où elle changeait encore ses couches, jubilant de la supériorité des mensurations de son fils par rapport à celles de son géniteur. Bienheureuse serait la jeune fille qui jouirait de sa virilité – *les* jeunes filles, préférait-elle penser, car son garçon devenu grand si vite, trop vite, devait avant tout songer à lui, profiter de sa jeunesse, s'amuser et réussir sa vie.

Face à ces transformations et aux conséquences inéluctables qu'elles entraîneraient bientôt – la première fois, le premier amour –, elle se résolut à lui acheter des préservatifs afin d'éviter toute catastrophe potentielle, au premier rang desquelles elle plaçait la grossesse inopinée d'une petite amie forcément écervelée. Mais une fois devant les rayonnages dédiés, elle ne sut lesquels choisir. Les tailles, les parfums, les nervurés, les sans latex, « plaisir intense », « impression de ne rien porter », cet univers-là lui était inconnu. Elle demanda donc conseil au pharmacien, désireuse de prendre le nec plus ultra pour l'intimité de la chair de sa chair. Seule la question de la taille restait en suspens. XS lui semblait insultant, XL prétentieux. Quant aux mentions « standard » ou « normale », elles lui apparaissaient d'une médiocrité affligeante ; or, son fils était tout sauf dans la norme, encore moins médiocre. Afin d'en avoir le cœur net, elle décida de vérifier par elle-même. Elle profita de ce que son petit homme fût sous la douche pour venir récupérer son linge sale dans le panier destiné à cet effet. À son apparition, son fils sursauta et mit instinctivement ses mains devant son sexe.

« Tu pourrais frapper avant d'entrer ! »

Elle haussa les épaules.

« Je suis ta mère, c'est moi qui t'ai fabriqué. »

Le fils se tourna pour continuer à se laver. Grâce au jeu des miroirs habilement disposés aux murs de la salle de bains, la mère put évaluer approximativement comment était pourvue sa progéniture. Elle revint à la pharmacie et, avec une superbe non dissimulée, déposa sur le comptoir la boîte de préservatifs XL dont le tenancier de l'officine lui avait précédemment vanté le gabarit à mi-chemin entre le « standard » et le véritable « extra-large ». Cette nouvelle réjouit au plus haut point le parrain de l'intéressé. Son honneur de mère était sauf.

Le soir, elle donna à son fils ce laissez-passer pour son statut d'homme à venir. Malgré son flegme et son détachement affichés, sa tension était palpable.

« C'est important que tu te protèges. Pour les maladies, bien sûr, et surtout pour éviter de mettre enceinte une jeune fille. À ton âge, ce serait une tragédie. Et puis, j'espère être grand-mère le plus tard possible. Je suis trop jeune pour cela. »

Le fils ne put s'empêcher de rire aux éclats devant l'agitation manifeste de sa mère.

« Pourquoi tu rigoles ? »

Il la regarda avec amusement.

« Tu oublies l'avortement. »

Le visage de la mère se durcit.

« Je suis sérieuse. D'autant que, si jamais ta petite amie refuse de se faire avorter, tu seras coincé. Les femmes ont cet horrible pouvoir de foutre en l'air la vie d'un homme, et les hommes sont très souvent assez stupides pour se laisser piéger. Trois secondes de jouissance, et te voilà ligaturé jusqu'à ta mort. »

Le fils rit de plus belle, augmentant l'agacement de la mère avant de la rassurer sur son hilarité.

« C'est toi qui me fais rire. Je me protégerai, ne t'inquiète pas.

— Tu me le jures ?

— Promis.

— Non, jure-le-moi ! »

Il leva la main.

« Je te le jure. »

La mère se détendit.

« Si tu savais combien j'en ai vu se faire mettre la bague au doigt pour une simple partie de jambes en l'air… et des types promis à un brillant avenir obligés de partir travailler à l'usine, à quinze ans, quinze ans, tu te rends compte, pour nourrir leur "famille"… On est déjà une famille, toi et moi, on n'en a pas besoin d'une autre ! »

Elle se lança dans le développement de multiples histoires toutes plus drôles les unes que les autres tant elles étaient pathétiques et sordides, si bien qu'ils finirent par en pleurer de rire tous les deux.

Pour le reste, l'existence suivait son cours tourbillonnant entre les expositions, les rétrospectives, les sorties au cinéma, à l'opéra et aux concerts, les week-ends et les vacances sur la côte, les amis du fils et de la mère qui avaient en permanence table ouverte dans leur maison. Ce rythme était d'autant plus trépidant et joyeux que le fils menait désormais une scolarité prometteuse, même en mathématiques et en sciences. Conformément à l'accord passé avec l'autorité maternelle, plus il travaillait bien, plus elle le laissait libre de faire ce qu'il voulait ; plus ses résultats étaient bons, plus leur quotidien était une fête perpétuelle. Soirées, flirts, joints et cuites, tout était permis du moment qu'il accomplissait sa part du contrat. Il n'était d'ailleurs pas rare que sa mère se joigne à lui et à ses camarades pour fumer un peu d'herbe ou de cannabis, comme il était fréquent qu'ils se retrouvent à danser avec leurs bandes respectives dans les mêmes clubs au détour d'un angle de la nuit. Les copains du fils étaient fous de sa mère, si pétillante, si drôle, si complice de leurs excès. Si certains d'entre eux étaient trop ivres ou enfumés pour rentrer chez eux, elle appelait leurs parents afin de les prévenir qu'ils restaient dormir chez elle, leur permettant ainsi de se présenter le lendemain dans un état propice à n'engendrer ni soupçon ni répression familiale. Les amis de la mère adoraient son fils qui, pour le plus grand plaisir et la plus grande gloire de la madone, brillait dans leurs conversations par la pertinence de ses raisonnements et la précocité de sa culture. Quant au beau-père, il avait la sagesse de ne pas s'immiscer dans le cocon parfait que formaient la mère et son fils. Il ne prenait nullement ombrage du fait que, une fois par mois, ils sortaient dîner sans lui, en amoureux, dans le restaurant où la mère avait coutume d'aller avec son ex-mari avant la naissance de son chéri. Il acceptait la place qui lui était attribuée d'autorité tant qu'il s'amusait, buvait du bon vin, de bons alcools et fumait de quoi planer, notamment avec son beau-fils.

La mère se félicitait de cette réussite existentielle dont elle s'attribuait l'entièreté des lauriers. Car, qui d'autre pouvait être considéré à l'origine du bien-être de son fils ? Qui d'autre qu'elle l'avait accompagné au jour le jour, dans sa scolarité, dans son développement physique, psychique, intime ? À quelle autre éducation que la sienne devait-il d'être si éveillé et si équilibré, sur tous les plans ? Oui, elle seule avait façonné ce chef-d'œuvre ontologique dont la destinée était promise à éblouir l'humanité.

Son fils la comblait. Il la saturait de fierté pour elle-même. Mais sa plus grande joie était d'être prise pour sa sœur ou, mieux, pour sa petite amie quand ils marchaient dans la rue ou allaient acheter des vêtements ensemble. Il montrait à sa mère le résultat de ses essayages et elle lui demandait son avis la concernant.

« Comment tu me trouves dans cette robe ? Je te plais ? »

Régulièrement, les vendeuses les complimentaient pour le beau couple qu'ils formaient. Tous deux se regardaient avec amusement et se souriaient avec un air complice sans jamais démentir.

La mère ne souffrait pas encore de rivalités sérieuses avec les petites amies de son fils. D'abord, parce que son garçon était à l'âge des simples flirts sans grandes conséquences, appuyés ou non de quelques attouchements timides et réciproques, une variante du jeu du docteur en un peu plus poussé. Ensuite, parce qu'il lui racontait tout, dans les moindres détails, qu'il commentait avec elle d'un œil critique chacune de ses nouvelles conquêtes et sollicitait ses conseils avisés. Enfin, parce qu'elle était sa mère ; à ce titre, elle était inégalable dans le cœur de son enfant, pour les siècles des siècles.

Et puis vint l'été où tout bascula. La mère travaillait désormais à temps complet chez son amie antiquaire et envisageait de s'associer avec elle pour élargir leur champ d'activité. Leurs affaires étaient si florissantes qu'elles avaient pu louer ensemble une immense villa sur la côte où les copains des deux générations se croisaient et cohabitaient selon leur habituel rythme festif. Comme les années précédentes, la bande du fils s'augmentait de nouvelles et nouveaux venus, soit issus de leur lycée, soit de passage dans la région pour les vacances. Parmi eux, une jeune fille se détachait sans conteste de la mêlée. Élève dans le même établissement scolaire que le fils, mais dans une autre classe, elle s'était greffée à sa joyeuse clique adolescente au gré des soirées et sorties de ces derniers mois. Était-ce son épaisse chevelure rousse lui descendant jusqu'aux fesses, ses yeux vert d'eau relevés par sa peau diaphane, son corps insolent de liane ou simplement l'attention manifeste, presque hypnotique, du fils à son endroit qui la démarquait si fortement des autres ? Sans doute l'alchimie fragile de toutes ces composantes qui laissait pressentir à la mère l'avènement prochain d'un désastre inéluctable.

Un soir, son fils vint s'asseoir à côté d'elle dans le jardin, confirmant cette intuition dont seules les mères sont pourvues avec la chair de leur chair.

« Je suis amoureux. »

La mère sourit.

« Je l'avais remarqué. Je suis très heureuse pour toi. Il faut dire qu'elle est très belle. Si j'étais à ta place, je serais moi aussi amoureux d'elle. »

Le fils sourit à son tour en plantant son regard dans les miroitements aveuglants du soleil couchant sur la mer.

« Elle aimerait que je sois sa première fois, et moi qu'elle soit la mienne. »

La madone encaissa l'information sans commenter pour l'inviter à poursuivre.

« Le problème, c'est que nous n'avons aucun endroit où aller… chez elle, il y a ses parents… ici, il y a nous tous… il reste bien la plage, mais je voudrais quelque chose de plus beau pour ce moment unique, pour elle et pour moi…

Le fils n'osait se tourner vers sa mère.

« Tu as pris tes préservatifs avec toi ? »

Il la dévisagea, surpris du caractère pragmatique et abrupt de la question.

« Ils sont dans ma chambre. »

La mère posa la main sur son bras et laissa errer ses yeux dans l'infini de l'horizon.

« Je m'en occupe. On va vous libérer la maison un après-midi pour que vous soyez tranquilles. »

Dès lors, elle se mit en ordre de bataille pour que tout soit prêt le jour et l'heure qu'ils avaient arrêtés ensemble. Elle réagença et redécora la future chambre nuptiale afin qu'elle diffuse une ambiance douce et lascive invitant à la volupté. Elle voulait que tout soit parfait. Pour elle aussi, il s'agissait de sa première fois en tant que mère. Si son fils perdait son innocence, elle perdait, elle, son petit garçon bien-aimé. Son agitation grandissait proportionnellement à celle de son fils ; tout le monde vivait dans l'attente de ce grand événement et retenait son souffle à mesure que l'instant fatidique approchait.

L'après-midi en question, tous partirent à la plage le déjeuner terminé. Malgré les plaisanteries des uns des autres, qui rivalisaient de mauvais esprit pour alléger l'atmosphère et divertir la mère, son anxiété imprégnait l'air de radiations radioactives. Comment cela se passait-il pour son chéri ? Allait-il se blesser ? On racontait tellement de choses sur la rupture du frein masculin lors des premiers rapports sexuels qu'elle en avait mal pour lui entre les jambes. Saurait-il quoi faire si jamais ce bout de peau rompait et se mettait à saigner ? Et elle, cette rouquine à la beauté effrontée, saurait-elle le soigner aussi bien qu'elle le ferait, elle, sa mère ? Le percement de la membrane de cette jeune fille allait-il donner lieu à un abondant saignement ? Son fils ne prendrait-il pas peur devant un lit ensanglanté ? Si elle saignait beaucoup, comment réussirait-elle à ravoir les draps ? Son bébé allait-il éviter la panne que l'excitation mêlée à l'appréhension pouvait provoquer, surtout une première fois ? S'il en était victime, cette bêcheuse qui se savait belle serait-elle compatissante et indulgente ou au contraire désobligeante et blessante ? Si un tel drame advenait et que cette sale dévergondée avait le front d'afficher une mine moqueuse, marquant son enfant adoré au fer rouge de la honte, le condamnant à vingt ans de psychanalyse pour obtenir de nouveau une érection vaillante et recouvrer la confiance en soi qu'elle lui avait patiemment donnée depuis sa naissance, elle se jurait de lui arracher les yeux.

« Mais calme-toi, la tançait le parrain de l'intéressé, je suis sûr que ton chef-d'œuvre la fait grimper au rideau avec son gros chichi. Viens, on va se baigner, ça te rafraîchira les idées. Et respire par le nez, tu vas t'étouffer à force de ruminer en apnée. »

Au moment de rentrer dans la maison, le parrain l'arrêta :

« Pas une seule question. C'est lui qui t'en parlera quand il en sentira la nécessité. Et s'il ne te dit rien, ce n'est pas grave non plus. Au contraire. »

La mère acquiesça sans en penser un mot. Ils trouvèrent les tourtereaux assis dans le jardin, une simple serviette autour de la taille pour le fils, nouée au-dessus de la poitrine pour la fille, tous deux les cheveux encore mouillés d'une douche post-coïtale régénératrice, le bien-être béat lové dans les traits radieux de leurs visages, et cette vision la soulagea presque autant que la délivrance de son accouchement. Un intense sentiment de fierté et d'orgueil la submergea : son petit garçon était un homme à présent ; avant de se sentir envahie d'une tristesse insondable : cette garce à la chevelure de sorcière ferait souffrir la chair de sa chair. Elle le savait car, à part elle, sa mère, toutes les femmes auxquelles il s'attacherait désormais seraient des garces.

Dans les premiers temps, l'idylle se poursuivit au point de contredire ses prédictions les plus funestes, même après la reprise des cours et la fin de l'insouciance estivale qu'elle sonnait. L'élue de son fils venait régulièrement dormir chez eux en semaine et les week-ends ; elle les écoutait faire l'amour pour s'assurer que cette rouquine maline n'asservissait pas son trésor en flattant son ego par des manifestations de plaisirs qu'elle n'aurait pas ressentis ; elle scrutait sans en avoir l'air leurs attitudes et constatait avec affliction que sa progéniture l'avait désespérément sous la peau. Même s'ils donnaient l'impression de nager dans un bonheur proche de la bêtise, elle savait, elle, que l'inexorable approchait. Elle le sentait au plus profond de ses entrailles de mère.

Elle en eut l'amère confirmation en rentrant un soir après avoir chiné toute la journée. Elle trouva son fils prostré dans sa chambre, qu'il avait mise sens dessus dessous, pleurant toutes les larmes de son corps, maudissant l'humanité tout entière, hurlant qu'il voulait mourir. Elle contempla ce paysage apocalyptique, retroussa ses manches et se contenta de ranger calmement ce qui pouvait l'être.

Elle laissa passer plusieurs jours sans poser la moindre question. Pourtant, devant la désolation que son fils charriait avec lui, les lèvres lui brûlaient. Elle attendit leur dîner mensuel au restaurant pour intervenir. À peine furent-ils assis qu'elle attaqua.

« À partir de maintenant, je ne veux plus voir cette tête de cocker battu et de perdant sous mon toit.

— J'ai mal et c'est tout ce que tu trouves à me dire ?

— Justement, c'est parce que tu as mal que je te parle de cette manière. Arrête de te complaire dans ta souffrance. Si par le plus malheureux des hasards tu espérais reconquérir cette grue qui a été assez idiote pour te plaquer - car c'est ce que tu veux, je le sais, je suis une femme et je suis ta mère -, eh bien, sache que ce n'est pas en traînant toute la misère du monde derrière toi que tu réussiras. La pitié ne donne pas envie, elle fait fuir. »

Son fils la dévisagea avec un air interloqué.

« Tu es peut-être un homme sur le papier mais il te reste encore beaucoup à apprendre des femmes.

Musset a tout dit sur le sujet : “Une femme est comme votre ombre : courez après elle, elle vous fuit ; fuyez-la, elle court après vous.” C’est aussi valable pour les hommes. Donc, tu dois afficher une indifférence et un détachement souverains. Mieux : tu dois retrouver ta joie de vivre, comme si cette rupture ne te faisait absolument rien. Et là, tu verras qu’elle reviendra ventre à terre tellement elle sera piquée dans son orgueil. Compris ? »

Elle le servit en pomerol.

« Je t’ai parlé : compris ? »

Le fils se tint plus droit, redressé par la diatribe maternelle.

« Compris.

— Bien. Marre d’avoir la gueule à la maison. »

Elle désigna le vin du menton.

« Comment tu le trouves ? »

Il le goûta.

« Délicieux.

— Je sais. Moi vivante, tu ne gâcheras pas un pomerol avec un chagrin d’amourette. »

Il voulut manifester son désaccord mais elle ne lui en laissa pas le loisir.

« Non, tu te tais. Que cela te plaise ou non, c’était une amourette, et rien de plus. Tu confonds amour et première fois, tu confonds amour et découverte de la sexualité. Tu veux un conseil ? »

Il se passa la main dans les cheveux avec un geste d’agacement.

« J’ai le choix ?

— Quitte toute suite ce ton avec moi, tout de suite, et écoute au lieu de gémir. Tu as le temps d'être amoureux, tu as le temps d'avoir des "histoires" et d'être "en couple". À ton âge, il ne faut pas s'attacher. Il ne faut jamais s'attacher totalement d'ailleurs, à qui que ce soit, jamais. Il faut à tout prix rester libre et un minimum égoïste. Les femmes veulent toujours transformer les hommes en ce qu'ils ne sont pas. C'est ce qu'elles appellent l'amour. Cet amour-là est tout sauf désintéressé. Le seul amour désintéressé, c'est l'amour d'une mère. Tu es censé être intelligent, réfléchis à ce que je viens de te dire, et tu verras que j'ai raison. »

Elle fit signe à la serveuse.

« Comment va mon petit couple préféré ce soir ? »

La mère eut une moue blasée.

« Monsieur patauge dans les affres du premier chagrin d'amour.

— Oh, ce n'est rien, ça fait mal sur le moment, et puis ça s'en va, on est tous passés par là un jour. De toute façon, il est tellement beau votre petit qu'elles vont toutes se bousculer au portillon. Alors, qu'est-ce qui vous ferait plaisir ? »

La commande prise, la serveuse demanda :

« Je peux dire quelque chose à votre fils ?

— Faites.

— Tu sais, l'amour entre les hommes et les femmes, ça va, ça vient, c'est compliqué. Mais le seul amour qui reste toute la vie, quoi qu'il arrive, le seul qui compte, c'est celui d'une mère. »

Elle partit en cuisine. La madone regarda son fils.

« Tu vois ! »

Il ne put réprimer un sourire moqueur.

« Vous vous êtes donné le mot ou quoi ? »

Elle se renfrogna.

« Décidément, l'amour et le chagrin te rendent stupides. Un vrai bonheur. »

Il éclata de rire et leva son verre.

« Quoi, tu veux me dire enfin quelque chose de pertinent ?

— Je sais que tu as raison, même si je ne peux m'empêcher d'avoir mal. Tu as raison et je vais donc soigner le mal par le mal.

— C'est-à-dire ?

— Je vais toutes les faire ramper, à commencer par elle. Je vais m'amuser parce que la vie est trop courte pour se morfondre, alors qu'il y a de la beauté à saisir partout. »

La mère leva son verre à son tour.

« Voilà la réaction d'un homme digne de ce nom, voilà le fils que je connais et que j'aime. »

Ils trinquèrent et burent une longue gorgée.

« Maman ? »

L'appelant traditionnellement par son seul prénom, il n'usait de cet enfantillage que dans les situations graves et solennelles. Elle lui accorda donc toute son attention.

« Oui, mon fils ?

— Merci. »

Le pire moment de sa vie de mère approchait. Dans quelques mois, la chair de sa chair quitterait leur nid pour partir étudier à la capitale. C'était l'ordre naturel des choses, lui répétait son entourage amical, une occasion de joie et de fierté où elle pouvait s'enorgueillir de l'homme qu'elle avait forgé pour s'abandonner à la délicieuse félicité du devoir accompli. Elle aurait dû être d'autant plus comblée que son fils s'engageait dans la voie destinée à l'emmener jusque derrière le pupitre de commissaire-priseur. Pourtant, l'horizon de leur séparation prochaine, plus profonde et plus déchirante qu'une entrée en maternelle, lui tordait les entrailles d'une angoisse métaphysique irrationnelle. Elle en cauchemardait la nuit et la journée au point d'avoir parfois du mal à respirer tant elle se sentait oppressée par cette perspective mortifère et le vide sidéral qu'elle creusait en elle. Qu'allait-il devenir sans elle, et elle sans lui ? Quel serait son quotidien ainsi dépecé de la certitude de le retrouver en rentrant chez elle ? Qui s'occuperait de lui en son absence ? Et elle, qui s'occuperait d'elle ? Qu'est-ce qui lui donnerait envie de se lever le matin et de continuer d'avancer sans la balise de sa présence, la seule qui la remplissait tout entière et définissait sa raison d'être ?

Pour ne pas s'effondrer dans le cratère de sa détresse, elle se raccrocha aux aspects pratiques qu'impliquait ce départ : trouver un appartement dans un quartier où elle aurait aimé vivre, le meubler en un cocon protecteur où elle aurait pu se nicher, un lieu propice à l'expansion grandiose de son fils selon les principes qu'elle lui avait insufflés. Elle voulait du caractère, des immeubles harmonieux alentour, une ambiance de quartier, de la beauté, partout. Rien ne serait jamais assez beau pour son unique amour si sensible à l'esthétique comme elle l'était, elle aussi. Elle tenait son enfant loin de tous ces détails accessoires et de toutes ces préoccupations triviales, loin des piètres négociations pécuniaires qu'elle livrait contre son père, loin du prêt qu'elle contracta pour obtenir ce qu'elle désirait et savait bon pour lui. C'était son projet à elle, sa manière de rester à ses côtés, de le cajoler dans tout ce qui l'entourerait, son devoir de mère. Lui devait se concentrer sur ses études et l'obtention de son premier diplôme sans lequel leur rêve de le voir devenir commissaire-priseur s'échouerait telle une lamentable ridule sur le rebord fluctuant d'une flaque de boue.

L'été précédant cette installation, la mère emmena son fils pour un périple en amoureux dans la plus belle ville du monde, berceau de la Renaissance artistique mondiale. Au programme, musées, concerts dans des églises et des palais, déambulations dans des ruelles sculptées par l'Histoire dont les murs avaient été touchés par tant de génies et vu passer tant de chefs-d'œuvre sous leurs pierres centenaires. Ils s'émerveillaient ensemble devant les Giotto, les Botticelli, les Raphaël, les De Vinci, les Michel-Ange, les Caravage. Tous leurs sens baignaient dans la beauté absolue. La représentation du *Nisi Dominus* de Vivaldi dans l'admirable demeure du prince mécène et père de la Renaissance les émurent aux larmes, en particulier le *Cum dederit dilectis suis somnum*, pour son élégance crépusculaire et diaphane, à l'orée du silence, oscillant aux frontières de l'empire des morts et des vivants dans un tressaillement de résurrection permanente. *Les Esclaves* de Michel-Ange bouleversèrent encore plus profondément le fils, le plongeant dans une tristesse indéfinissable, une errance filandreuse de l'âme, une désespérance archaïque, sublime et sordide à la fois, au-delà de tout langage et toute émotion profane. Dans un mouvement d'arrachement, ces corps inachevés semblent s'extirper de la matière pierreuse aux apparences çà et là spongieuses sans pour autant réussir à se détacher de cette glaise matricielle et originelle, là aussi dans une oscillation incessante entre vie et mort. La déflagration fut si profonde en lui qu'il dut marcher le bras enroulé autour de celui de sa mère pour rejoindre leur hôtel, comme s'il avait été soudainement bancal et vidé de son être.

Le dernier soir, lors du dîner avant leur retour et le grand départ pour la capitale, l'humeur de la mère s'assombrit.

« Aucun endroit au monde ne concentre autant de beauté que cette ville. Si je pouvais choisir un lieu où mourir, ce serait ici. Ici et maintenant. »

Le fils la considéra avec perplexité.

« Quelque chose ne va pas ?

— Non, ce n'est rien, ne t'inquiète pas. »

Il fronça les sourcils d'un air faussement autoritaire et marital.

« Pas à moi, je te connais comme si je t'avais faite ! »

Elle ne put retenir un sourire.

« C'est difficile pour moi de te voir partir, de t'imaginer si loin, livré à toi-même au milieu de cette capitale et de ses dangers.

— Je serai prudent.

— Je sais.

— Et puis, je ne suis pas sûr que mes études me laissent beaucoup de temps pour faire des conneries !

— Je sais, je sais. J'ai confiance en toi. Mais…

— Mais ?

— Ça va me faire bizarre de rester seule dans notre maison, sans toi.

— Tu seras enfin au calme. Et tu ne seras pas seule non plus, tu oublies le beau-père. Vous allez être tranquilles, tous les deux. »

L'ombre inhabituelle qui planait dans le regard de sa mère s'intensifia et greva le silence.

« Maman, on s'est toujours tout dit tous les deux, pas vrai ? »

Elle acquiesça.

« Alors, qu'est-ce qui ne va pas ? Tu n'es pas heureuse ? »

Elle réprima un léger tremblement du menton.

« Les choses ne vont pas très bien avec ton beau-père.

— Ah bon ?

— Oui, et depuis plusieurs années.

— Je n'ai rien remarqué pourtant.

— Il te fallait un bon dossier scolaire pour partir à la capitale. J'ai pris sur moi pour t'épargner toutes ces histoires. »

Les yeux du fils la scrutèrent.

« Et quel est le problème exactement ? Je veux dire, entre vous ? »

La mère respira profondément et confia :

« Tout. Le quotidien, le sexe, son rapport à l'alcool. »

Le fils eut une expression amusée.

« C'est vrai que c'est un bon vivant !

— C'est un alcoolique surtout. C'est pour ça que, au milieu des dîners ou des soirées, il disparaît au bout d'un moment. Trop ivre, il va se coucher.

— Rassure-moi, il ne s'est jamais montré violent ? »

Le visage de la mère se voila d'un air vague.

« Quelquefois.

— Quoi ?

— En paroles, uniquement en paroles, jamais en actes. »

Le fils fulminait et fit un effort pour ravaler sa colère.

« Tu vas faire quoi ?

— Je ne sais pas. Tu agirais comment à ma place ? »

Il réfléchit un instant.

« Je le quitterais. Sans hésitation.

— C'était aussi mon intention. »

Il la fixa avec tendresse.

« Tu es une très belle femme, tu es encore jeune, tu retrouveras sans difficulté un homme qui sera cette fois vraiment digne de toi. Pas comme lui ou comme mon père.

— Je ne suis pas sûre d'avoir envie de vivre avec quelqu'un maintenant que tu pars.

— Pourquoi ?

— Je n'en ai plus le désir, je crois. C'est tout. »

Le fils ne put contenir un air narquois.

« Qu'est-ce qui t'amuse ?

— Ça ne va pas plaire à parrain cette histoire de célibat.

— Comment ça ?

— Tu sais bien que tu risques de finir avec des toiles d'araignées entre les cuisses ! »

La mère sourit avec franchise à l'évocation de son ami et de ses persiflages légendaires.

« On verra. Au moins, j'aurai plus de liberté pour venir te voir à la capitale. Car tu sais que je vais venir te voir souvent ? Si tu penses te débarrasser de moi en m'abandonnant, tu te trompes.

— Mais j'espère bien ! Il y a tant de musées et de chefs-d'œuvre à découvrir là-bas. Et puis, si tu crois que je ne vais pas revenir visiter très régulièrement ma vieille mère pleine de toiles d'araignées, tu te trompes aussi ! »

La mère lui tira la langue dans une attitude de gamine effrontée avant de lever son verre de vin.

« À toi. À ta réussite. »

Le fils fit de même.

« À toi. À ta nouvelle vie de femme libre. »

Ils trinquèrent et scandèrent en chœur :

« À nous ! »

En rentrant à leur hôtel dans la chaude nuit d'été, la mère admirait leur reflet dans les vitrines endormies. C'était vrai qu'ils formaient un joli couple. Ils formaient le plus joli couple qu'elle eût jamais vu.

*Le jour où son fils monte sur le trône à l'aube de sa vingtième année, la fierté de Kratéa est à son comble. Sa jeunesse ne ternit pas son charisme. Au contraire, elle le rend plus manifeste et plus étincelant. Tous s'inclinent devant sa puissance et sa sagesse. Il était temps que Kypsélos cède la place – mort après une malheureuse chute de cheval due à la rupture inexpliquée de la sangle de sa selle. Sa disparition laisse enfin Kratéa libre de jouir sans limite de sa position et de son pouvoir de reine mère. Aux côtés du nouveau maître de Corinthe, qu'elle conseille dans une entente et une fusion parfaites, elle régente la destinée du monde.*

*Avec une exultation confinant à la volupté, elle contemple sa création supplanter son défunt père dans le cœur de ses sujets. Elle jubile de voir son héritier reléguer son simple géniteur dans l'ombre d'un passé aux apparences archaïques, alors même que, de son vivant, la popularité de Kypsélos était telle qu'il pouvait se mêler aux habitants de sa cité sans escorte.*

*Oui, il était temps qu'il cède la place à son fils, ils n'ont pas besoin de lui. Ils n'ont jamais eu besoin de lui.*

*Kratéa admire son enfant régner avec une habileté et une fermeté stupéfiantes pour son âge. Elle constate avec orgueil combien l'intimité et l'exclusivité de l'enseignement qu'elle lui a prodigué lui sont bénéfiques. Partie prenante indirecte de toutes les actions qui incombent au nouveau souverain, elle se contente de répondre à ses interrogations ou à ses doutes, elle se cantonne à donner son avis lorsqu'il le lui demande, elle se borne à suggérer sans jamais exiger, lui insufflant les bonnes décisions à prendre comme si elles émanaient de lui et de lui seul. C'est ainsi que son fils, cette excroissance sublimée d'elle-même, réussit à s'imposer en s'appuyant tout autant sur la plèbe qu'en ménageant les susceptibilités des patriciens, laissant croire à chacun que son intérêt l'emporte sur l'autre. C'est ainsi qu'il attribue aux pauvres des terres de la Couronne en contrepartie d'une taxe évaluée sur chaque récolte saisonnière afin que les cultivateurs puissent profiter des fruits de leur labeur. C'est ainsi qu'il commande aux riches familles de la ville la construction d'une rampe sur l'isthme pour que les navires puissent rallier le golfe Saronique et celui de Corinthe sans contourner le Péloponnèse, créant emplois et prospérité, enrichissant aussi bien les notables que les simples mortels. Et c'est ainsi que, à tous, il peut promettre l'horizon d'une suppression pure et simple des impôts auxquels seront substitués les droits de passage une fois achevé ce chantier inégalé dans l'histoire de l'humanité, récoltant une popularité toujours plus grande et plus affermie.*

*Mais c'est ainsi que, après avoir conquis Épidaure, il revient à Corinthe, saute de cheval, gravit en grande hâte les marches du palais et court dans les appartements maternels en hurlant :*

*« Mère, je suis amoureux ! »*

*Occupée à se faire masser, Kratéa lève un visage radieux vers le conquérant victorieux.*

*« Voilà une merveilleuse nouvelle, mon fils. Et qui est donc l'heureuse élue de votre cœur et de votre exaltation ?*

*— Mélissa, fille de Proclès et d'Eristenea ! »*

*Kratéa se tortille sous les palpations des masseuses.*

*« La fille du roi que vous venez de soumettre ? N'est-ce pas là une inclination dangereuse qui pourrait nuire à votre autorité ? »*

*Périandre s'assoit à côté d'elle.*

*« Au contraire, mère : imaginez l'effet pacificateur que cette alliance aura sur la population d'Épidaure si j'épouse la fille de leur ancien seigneur et maître ! Cela étouffera toute rancœur à notre égard et donnera l'illusion rassurante d'une continuité du pouvoir. »*

*Kratéa se retourne et s'allonge sur le dos, exhibant la nudité de sa poitrine et de sa toison.*

*« Votre doigté politique dépasse désormais de loin le mien, mon fils. Cependant, je persiste à croire qu'il subsiste plus d'inconvénients que de bienfaits dans cette union.*

*— Mère, j'aime Mélissa. Jamais je n'ai ressenti un amour d'une telle intensité de toute ma vie ! »*

*Les traits de Kratéa se lézardent d'un sourire amer et douloureux. Elle s'assied sur le bord de la table de massage, prend la main de son petit garçon grandi trop vite et la dépose tendrement sur sa cuisse.*

*« Mon fils, vous êtes en proie au plus beau sentiment de l'univers, qui peut aussi être le plus funeste car il obscurcit le jugement. Mais je ne veux pour rien au monde flétrir l'enthousiasme qui vous habite. Profitez des festivités de votre triomphe, jouissez de vos mérites, nous reparlerons de tout cela à tête reposée. Et soyez sans crainte, vous savez que mon consentement vous est acquis en tout. »*

*Le regard illuminé de joie et de reconnaissance pour cette femme qui le comprend mieux qu'aucune autre, Périandre se prosterne à ses pieds et baise avec fièvre les genoux maternels.*

*« Merci, mère ! Si vous saviez à quel point je vous aime ! »*

*Kratéa considère avec attendrissement cet enfant dans un corps d'homme en caressant son épaisse chevelure digne d'un dieu. Par les persiennes, filtrent les cris et les acclamations de la foule en liesse.*

*« Fils, allez maintenant. Votre peuple vous réclame. Et comme vous n'êtes pas encore marié, n'oubliez pas de vous amuser. »*

*Le jeune souverain se relève et, rayonnant, part tel un cyclone cueillir les lauriers de sa gloire.*

*D'un geste brusque, Kratéa congédie ses masseuses. La bienveillance qu'elle se forçait à afficher se mue en une profonde contrariété. Le jour tant redouté est arrivé. Si elle a jusqu'alors réussi à détourner son fils des quelques patriciennes dont il a pu s'amouracher dans ses emportements juvéniles, arguant de leur condition trop modeste pour partager le trône avec un roi de son envergure, elle sait que, cette fois, ses arguments ne tiendront pas face à la passion mêlée à la raison d'État. Elle va devoir recourir à des moyens plus ingénieux et plus sournois pour dissuader son enfant de commettre une telle erreur. Elle a un mois, le mois que vont durer les festivités. Après, il sera trop tard.*

La mère ne ménagea pas ses efforts pour concocter un nid douillet à son oisillon. Grâce aux relations du parrain, elle avait déniché un charmant deux-pièces dans un quartier correspondant à ses goûts et dont la population offrirait un cadre de vie accueillant à la chair de sa chair. Elle le meubla et le décora comme si elle avait dû elle-même y vivre, alliant son penchant pour le mobilier du XVIIIe siècle et les atmosphères enveloppantes avec des touches plus modernes et masculines. Le résultat était à la hauteur de ses espérances et des espoirs qu'elle nourrissait pour son chéri.

« Regarde : tu vas être bien ici, un vrai piège à filles ! »

Si, à son âge, il ne profitait pas sans vergogne de tous les plaisirs de l'existence et de la capitale, alors quand le ferait-il ? Elle était bien d'accord avec sa propre opinion.

Le père était également venu aider à l'installation de l'étudiant et aux menus travaux à effectuer sous les directives de la mère. Elle avait même réussi la prouesse de le contraindre à se porter garant et à s'acquitter de la caution.

« Je ne lui ai pas laissé le choix, il s'est piqué avec tous les oursins qu'il a dans les poches ! »

Après quinze jours d'agitations intensives, le père quitta l'hôtel où il séjournait, et la mère la garçonnière de son petit homme. Elle préféra se rendre seule à la gare pour éviter toute effusion sentimentale inutile.

Le fils se glissa avec un naturel confondant dans le rythme trépidant de la capitale. La manière dont sa mère l'avait biberonné à l'art et à la culture depuis sa plus tendre enfance ainsi que les échanges passionnés auxquels il avait participé avec sa bande de gais persifleurs pendant son adolescence lui rendaient ses études aisées, transformant nombre de notions apprises pour la première fois par les autres élèves en simples redites ou révisions. En conséquence, il disposait non seulement de plus de temps pour assouvir sa soif de beauté dans les musées, les expositions, les vernissages, prenant ainsi de l'avance sur ses cours par un approfondissement sensible et concret de ses connaissances, mais il jouissait d'un surplus de liberté pour s'adonner aux mille distractions et tentations offertes par cette Babylone moderne.

« Cette ville est folle, disait-il à sa mère, elle ne s'arrête jamais ! D'ailleurs, ils sont tous fous ici, surtout les filles ! »

Au début, ils se parlaient d'une manière quasi quotidienne, jusqu'à plusieurs fois par jour. Le fils la sollicitait pour tout et n'importe quoi : une ampoule à changer, la cuisson d'un plat, le programme de lavage à utiliser pour un pull ou une chemise ; sollicitations auxquelles la mère répondait avec promptitude et complaisance.

Ses marques prises, le fils se laissa happer par les possibilités infinies de sa nouvelle existence estudiantine. Si sa mère se désolait en silence de la fréquence moins régulière de leurs échanges, elle se réjouissait de l'intimité intacte de leur teneur dès qu'il s'agissait d'art et de la vie amoureuse tumultueuse de son garçon, preuve que l'intensité de leur lien demeurait inaltérée. Le fils détaillait avec une passion et une naïveté presque enfantines les chefs-d'œuvre qu'il avait vus « pour de vrai », l'émotion qu'il avait ressentie à telle rétrospective, telle performance ou tel concert, émettait des réserves sur les choix de certains curateurs, imaginait des sélections picturales plus pertinentes et les confrontaient aux avis éclairés de sa mère. Il lui dépeignait avec la même fougue et la même innocence ses aventures féminines multiples, la régalait de ses exploits et de ses problématiques d'intendance – heureusement qu'il avait plusieurs jeux de draps et un lave-linge tant son appartement était le siège d'un défilé permanent –, raillait avec elle les contradictions des jeunes filles de la capitale, à la fois peu farouches, pour ne pas dire faciles, et exigeant pourtant rapidement des attentions, de la tendresse, de l'exclusivité, quand elles ne parlaient pas de « relation » ou de « couple » après avoir passé en tout et pour tout quelques heures à batifoler les jambes en l'air.

« Des sentiments, tu te rends compte ? Trop encombrant pour moi. »

Leur façon de s'amouracher après de simples frictions de muqueuses, de le coller, de vouloir le ferrer en réclamant qu'il limite ses sorties avec ses nouveaux copains, qu'il rate des expositions ou, pire, qu'il travaille moins pour se consacrer plus à elles, toutes ces simagrées et ces gamineries romantiques confirmaient l'impératif catégorique maternel de ne surtout pas s'attacher, jamais, au risque de devenir vieux avant l'âge quand ce n'était pas avec un polichinelle-boulet dans le tiroir, conclusion que la madone goûtait avec une délectation et une pâmoison extrêmes.

La mère lui rendait régulièrement visite pour partager avec son chéri un bain de beauté et de complicité. Elle conservait le double de ses clefs et pouvait arriver lorsqu'elle le désirait. Elle débarquait toujours chargée comme une Polonaise, apportant victuailles et vins de leur région afin qu'il se nourrisse mieux.

« Tu es trop maigre, tu vas perdre un os. »

Le fils rentrait chez sa mère à chaque vacance scolaire et certains week-ends pour fuir l'hystérie de la capitale, les grues qui faisaient le pied du même nom devant sa porte, et pour se ressourcer dans le gynécée de ses origines d'où le beau-père avait été congédié. L'étage filial avait été transformé en un musée panégyrique dédié à l'intéressé. La mère l'avait agrémenté de photos de lui bébé, enfant, adolescent, de lui aujourd'hui, d'elle et lui, juste tous les deux ou avec leurs amis, et elle avait même exhumé quelques-uns de ses jouets en bois qui conféraient une touche de maison de poupée à l'ensemble.

Le fils retrouvait ses camarades restés faire leurs études dans leur ville natale et le rythme de vie festif où se mêlaient ses acolytes et ceux du giron maternel renaissait de plus belle. Sa mère constatait avec un délice pimenté d'orgueil que son protégé évoluait selon ses désirs, que sa pensée et sa réflexion s'affinaient à mesure qu'il cultivait une curiosité sans cesse croissante. Il impressionna tellement son parrain lors d'une discussion animée autour d'un maître de la Renaissance injustement oublié que ce commissaire-priseur hors pair lui proposa d'intercéder auprès de ses connaissances antiquaires ou galeristes de la capitale s'il voulait travailler de temps à autre pour eux afin de se faire un peu d'argent et se confronter à la réalité rugueuse du terrain.

« Cela me donnera l'occasion de me rappeler à leur bon souvenir, et de voir si ces friponnes dans le placard s'ennuient toujours autant avec leur grosse bourgeoise dépressive ! »

Le fils accepta avec enthousiasme cette proposition sous le regard transporté et énamouré de sa mère, qui voyait déjà l'avenir de son prodige pavé de succès.

Les veilles de départ, la mère et le fils dînaient dans le restaurant où ils avaient plus que leurs habitudes. La serveuse se réjouissait de retrouver son « petit couple préféré », authentiquement heureuse de les voir si radieux tous les deux. C'est ici que la mère avait un soir sollicité l'avis de son fils sur son projet de se lancer comme décoratrice d'intérieur en parallèle de son activité habituelle avec sa marraine.

« C'est une idée géniale, fonce ! Et demande à parrain des contacts à la capitale, je suis sûr que tu ferais un malheur là-bas. »

Il avait raison. Étendre son champ professionnel et géographique ne pourrait que lui être profitable, et leur permettrait d'être plus souvent réunis.

L'été clôturant la première année d'études du fils à la capitale s'ouvrait pourtant sous les meilleurs auspices.

Le jeune homme caracolait dans le peloton de tête de sa promotion, à seulement quelques dixièmes de points du major ; son œil faisait merveille chez les antiquaires pour lesquels il travaillait de temps à autre, au point d'engranger parfois de confortables commissions pour des pièces chinées par ses soins au cul du camion, à l'aube ; et son retour pour les deux mois des grandes vacances avait marqué la reprise en fanfare de l'habituelle farandole festive des amis.

Tout s'annonçait en effet pour le mieux entre des séjours sur la côte chez les uns et les autres, les sorties dans les boîtes de bord de mer ou dans les clubs de la ville, le va-et-vient incessant des copains de toujours, les dîners aux allures de banquets, les discussions passionnées, les bons mots, le mauvais esprit, les fous rires, les filles ramenées la nuit que le fils exhibait comme autant de trophées à sa mère au petit déjeuner, et qu'ils commentaient et notaient ensemble après leur départ, tous deux hilares de confondre leurs prénoms tant elles n'étaient que des distractions estivales.

Mais, un soir, alors que le fils vadrouillait avec sa bande dans les bars du centre et que la mère travaillait au calme sur le dossier d'un appartement à redécorer, on sonna à la porte. Elle ouvrit et se retrouva face à l'ex-beau-père. Depuis plusieurs mois, il s'acharnait à vouloir la reconquérir dans des tentatives désespérées frisant le harcèlement. Invitations à dîner déclinées, envois de fleurs échouées dans la poubelle, courriers aussi suppliants qu'enflammés déchirés et laissés sans réponse, visites impromptues à la boutique d'antiquités avec hausse du ton et sommation de partir, autant de rebuffades répétées qui attisaient l'obstination du galeriste au lieu de l'entamer.

La mère le toisa avec une lassitude mêlée de mépris. Il était manifestement ivre.

« Je peux entrer cinq minutes ? » articula-t-il avec une élocution gluante.

Elle soupira.

« Je ne sais plus comment te dire que je n'ai justement plus rien à te dire.

— Ah ah ah. »

Il tituba avant de se rétablir.

« Regarde-toi, tu es une épave.

— Tais-toi ! »

Il avait hurlé. La mère scruta les maisons à l'entour, soucieuse d'éviter un scandale qui rameuterait le voisinage.

« Laisse-moi entrer, je veux juste te parler. »

Il s'appuya contre le capot d'une voiture. La mère s'avança, se planta devant lui et croisa les bras.

« Rentre chez toi.

— Non... »

Il gémissait comme un enfant.

« Non... »

Elle se pencha vers lui et, d'un ton irrité, dit :

« Je ne t'aime pas, je ne t'aime plus. C'est clair ? »

Elle tourna les talons. Il la rattrapa par le bras.

« Reste là ! »

Elle se dégagea d'un geste brusque.

« Lâche-moi, sale ivrogne ! »

Il la gifla.

« Salope ! »

Elle chancela, surprise et sonnée, puis se précipita chez elle et claqua la porte au moment où son agresseur allait l'en empêcher. Elle ferma à clef, tandis qu'il tambourinait de toutes ses forces en criant :

« Ouvre-moi, sale pute ! Ouvre-moi ! »

Elle recula dans le couloir, tétanisée. La pommette de sa joue gauche était rougie et légèrement enflée, sa lèvre inférieure saignait.

Les coups cessèrent.

« Bien, je bouge pas d'un gramme. Tu finiras bien par sortir un jour. »

Il alluma une cigarette, louvoyant sur quelques mètres avant de s'asseoir sur le rebord du caniveau.

Elle était coincée. Si son fils rentrait et que l'autre était encore là, ce serait la catastrophe. Il lui fallait le prévenir. Il fallait qu'ils aillent tous les deux dormir ailleurs.

Fixée sur cette mission impérieuse, elle recouvra ses esprits. Elle appela le parrain à la rescousse. Elle escaladerait avec une échelle le petit mur mitoyen séparant son jardin de celui de ses voisins et s'échapperait ainsi par l'autre rue où il l'attendrait.

Vingt minutes plus tard, elle sautait dans la voiture libératrice et ils roulaient en direction des lieux où son fils pouvait potentiellement bivouaquer. Après trois visites infructueuses dans des établissements nocturnes, ils le débusquèrent dans l'une de ses tanières, attablé avec sa bande et la dernière fille en date.

En apercevant son parrain et les stigmates sur le visage de sa mère, le fils se leva.

« Qu'est-ce qu'il s'est passé ? »

La mère se trouva contrainte de lui exposer la réalité de la situation et le harcèlement croissant qu'elle subissait depuis plusieurs mois.

Le fils blêmit, plus blafard qu'une pierre tombale.

« Nous dormirons chez nous ce soir. »

Les mâchoires crispées, il se rua hors du bar, enfourcha son vélo et disparut à vive allure. Tous se lancèrent à sa poursuite, mais il pédalait vite, empruntant ruelles, trottoirs et sens interdits qui creusaient son avance.

Arrivé le premier sur les lieux du drame, son ex-beau-père l'interpella depuis l'autre côté de la chaussée.

« Qu'est-ce que tu as fait à ma mère ? gronda le fils en fondant sur lui.

— Ce sont des histoires d'adultes, reste en dehors de ça, petit. »

Le fils s'immobilisa à quelques mètres.

« Si tu ne laisses pas ma mère tranquille, je te tue, tu m'entends ? »

L'ex-beau-père le gratifia d'un rictus vitreux. Le fils le pointa de l'index.

« Et maintenant casse-toi. Casse-toi ! »

L'injonction se heurta à un rire gras et railleur au moment où le parrain se garait, suivi des copains du fils.

« Tu te prends pour qui, espèce de petit morveux ? » cracha l'ex-beau-père.

La mère bondit de la voiture.

« Arrêtez ! »

Son ancien compagnon fit un pas vers elle. Le fils s'interposa.

« Maman, recule. C'est moi l'homme de la maison, je m'en occupe.

— L'homme de la maison ! »

Le fils se retourna.

« L'homme de la maison... non mais laisse-moi rire ! Toi, le petit avorton à sa maman ? On te presse le nez et y a encore du lait qui sort ! »

Le fils se jeta sur lui sous les hurlements de sa mère, retenue par le parrain et ses camarades. Des lumières s'étaient allumées dans les maisons environnantes et des curieux assistaient au spectacle depuis leur fenêtre.

Le beau-père ne faisait pas le poids, moins jeune, moins fort, trop imbibé d'alcool pour répondre aux coups déchaînés qui pleuvaient sur lui avec rage, même s'il réussit à toucher par deux fois son adversaire, au ventre et à l'épaule gauche. Le fils lui aurait probablement fracassé le crâne sur le bitume si son parrain ne s'était pas immiscé dans la rixe pour tenter de les séparer jusqu'à l'intervention de la police, prévenue par les riverains.

Au poste, le fils ne laissa d'autre choix à sa mère que de porter plainte et resta à ses côtés pendant toute sa déposition, précisant certains points de détails ou prenant le relais lorsqu'elle flanchait. Ses amis étaient partis. Seul son parrain les attendait dans les couloirs du commissariat. Le lieutenant de garde était l'une de ses connaissances parallèles et il veilla à les faire passer en priorité.

« Les grosses matraques m'ont toujours particulièrement excité ! » plaisantait l'histrion pour détendre l'atmosphère.

Une fois le procès-verbal signé et l'ex-beau-père enfermé en cellule de dégrisement avant d'être placé en garde à vue, le parrain les reconduisit chez eux. Le jour balbutiait dans le ciel.

Tandis que la mère se faisait couler un bain, le fils se mit soudain à sangloter. Son parrain le prit dans ses bras.

« Pleure mon grand, c'est normal, il n'y a pas de honte à cela. »

Il s'effondra.

« Tu as bien agi. Ce n'était ni ton rôle ni ta place, mais tu as fait ce qu'il fallait faire. »

Il se calma. Le parrain récupéra ses clefs de voiture sur la desserte de l'entrée.

« Occupe-toi bien de ta mère. Je repasse en début d'après-midi pour voir si tout va bien. »

Il ébouriffa les cheveux de son filleul.

« Et n'abuse pas de la détresse d'une pauvre femme en état de choc, sinon c'est moi qui porte plainte. »

Le fils retint un rire. Le parrain fit quelques pas pour partir et se ravisa sur le pas de la porte.

« J'oubliais : belle droite, mon grand, belle droite. Si j'ai un jour une vente dangereuse à diriger, je te prendrai comme garde du corps. »

Il sortit. Le fils rejoignit sa mère, allongée dans son bain, la nuque calée sur un coussin. Il tira une chaise à côté de la baignoire et s'assit face à elle.

« Tu as besoin de quelque chose ?

— Ça va, ça va. »

Il examina ses blessures.

« Tu as mal ?

— Tout va bien, ne t'inquiète pas. »

La mère se redressa, légèrement recroquevillée sur elle-même, prit la main de son fils dans la sienne, l'embrassa et la serra contre sa poitrine. Ils échangèrent un regard où perçaient le soulagement et l'épuisement.

« Je ne laisserai personne te faire du mal. Jamais.

— Je sais, mon fils, je sais. »

Il la dévisagea avec gravité.

« Et la prochaine fois, tu m'en parles. »

Elle opina du chef.

« Promis ?

— Promis.
— Pas de secret entre nous, à part les nôtres. »
La mère souriait, les larmes aux yeux.
« À part les nôtres. »

La mère aimait se sentir croître sous son fils. Même s'il lui donnait moins de nouvelles que lors de ses débuts à la capitale, elle le voyait s'affirmer chaque jour plus conforme à ses désirs. Il caracolait désormais dans le duo de tête de sa promotion, se hissant régulièrement à la première place pour certains examens. Sa curiosité et sa soif de beauté ne cessaient de grandir. Et il conservait jalousement sa liberté, profitant ainsi pleinement d'elle lors de ses fréquentes visites où elle développait sa nouvelle activité de décoratrice d'intérieur.

L'été précédant son concours de fin d'études fut marqué par le divorce de sa marraine. La mère se félicitait de cet événement. Depuis plusieurs années, elle voyait son amie et associée, d'un naturel si flamboyant, s'abîmer dans un quotidien à l'encéphalogramme plat et se faner auprès d'un mari aux ambitions qu'elle jugeait plus que limitées. Aussi se réjouissait-elle de la décision de cette femme qu'elle considérait comme une autre elle-même.

Pourtant, bien qu'à l'origine de cette séparation, l'intéressée ne s'abandonnait pas encore à des débordements de joie. Le père de leurs deux filles se révélait en effet dans toute la médiocrité et toute l'étroitesse de sa personne. Gagnant moins qu'elle et s'estimant par conséquent lésé dans son niveau de vie par cette rupture, il pinaillait à chaque étape de la procédure. Prétextant lâchement se battre pour le bien-être de sa descendance, il entendait surtout réaliser une plus-value de son existence personnelle en obtenant pension alimentaire, prestation compensatoire et rafle de leur maison qu'il escomptait de toute évidence revendre à un prix plus qu'honorable.

Face à tant d'élégance, la marraine se réfugiait dès que possible chez la mère où elle trouvait le réconfort et le soutien de ses complices de toujours. Son filleul, scandalisé par ce qu'elle subissait, se mit à sa disposition pour lui porter assistance en tout ce dont elle pourrait avoir besoin.

L'attitude chevaleresque de son fils et le rapprochement que la situation favorisait entre lui et sa marraine enchantaient la mère. Si la chair de sa chair entretenait des rapports réguliers avec son parrain, souvent de passage à la capitale pour ses affaires, les années de mariage stériles de sa marraine avaient entravé le développement de leur relation et de leur attachement.

Cet été-là était également marqué par une étrange propension des objets, des appareils, des machines et du monde extérieur dans son ensemble à jouer les trouble-fête. Un accident de canalisation avait engendré un dégât des eaux rendant impraticable l'étage du fils. Le véhicule de la mère attendait désespérément une pièce dans un garage pour se remettre sur ses quatre roues et sur la route. La marraine se heurtait à une désertion générale des déménageurs de la région dont le carnet de migrations affichait complet jusqu'à la mi-septembre, alors qu'elle trépignait d'emménager enfin dans une petite maison, synonyme de son affranchissement physique tant désiré de son futur ex-mari. Si le dégât des eaux et l'absence de moyen de locomotion grippaient la fluidité spatiale du temps, s'en arranger ne nécessitait pas de logistique élaborée. Le fils dormait chez des copains, des petites amies passagères ou avec sa mère. Quant aux questions de transport, les bonnes âmes amicales se bousculaient pour les prendre en charge si besoin était.

Seule l'impossibilité de mouvement de la marraine posait réellement problème. Sur les judicieuses suggestions de la mère, le fils rassembla la troupe de ses acolytes, et tous se mobilisèrent pour sa libération. Pendant trois jours, ils suèrent sang et eau à charger une camionnette des effets de la captive, mais avec une bonne humeur contagieuse qui leur transmettait une infatigable énergie. Dans l'effort et l'adversité, les liens entre le filleul et sa marraine se nouèrent avec naturel et célérité. Ils avaient la même culture, le même mauvais esprit, la même passion de l'art et du beau. Avec la chaleur estivale et les tenues de manœuvres imposées par ces conditions météorologiques, le fils découvrit à quel point sa marraine était séduisante, à quel point elle était dotée d'une silhouette à faire rougir de jalousie bien des jeunes filles, un corps respirant l'inclination pour les plaisirs des sens, des plaisirs sans aucun doute plus raffinés et plus vénéneux que ceux dispensés par les conquêtes de son âge, et il se surprit à fantasmer sur ce qu'une femme de sa maturité offrait d'expérience et de dextérité en matière de jouissance. La marraine aussi découvrit son filleul d'un œil nouveau. Le petit bébé qu'elle avait jadis tenu dans ses bras avait cédé la place à un jeune homme à la morphologie souple et noueuse, aux yeux pétillants de malice et d'intelligence, à l'allure empreinte d'une sensualité et d'une virilité pleines de promesses.

Une fois enlevé le dernier carton de la prisonnière, elle offrit à ses libérateurs un festin dans le jardin de sa nouvelle vie, et chacun reprit le cours de ses préoccupations prioritaires ou saisonnières.

La mère décida de partir deux semaines sur la côte avec le parrain. Le fils déclina l'invitation pour se consacrer à la lecture d'ouvrages recommandés par sa marraine au sujet du *non finito* chez Michel-Ange et Auguste Rodin, notion qui serait au programme de son concours de fin d'études ; il les rejoindrait éventuellement plus tard.

« Tu parles qu'il est sérieux ton chérubin, ironisait le parrain, il attend juste que tu sois loin d'ici pour te faire des infidélités et transformer ta tanière en lupanar digne de la décadence de Rome ! »

Avant de partir, la mère s'inquiéta :

« N'oublie pas de sortir et de profiter de tes vacances, l'année à venir va être particulièrement dense pour toi. »

Montant dans la voiture, elle ajouta :

« Ta marraine est encore seule pendant une bonne semaine, ses enfants sont chez ses parents le temps qu'elle termine d'aménager sa nouvelle maison. Elle n'a pas forcément le moral, tu devrais lui tenir compagnie à l'occasion. Tu sais qu'elle t'adore ? »

Les premiers jours, le fils resta studieux, absorbé et passionné par ce qu'il découvrait. Une fois qu'il eut terminé les livres conseillés par sa marraine, il la contacta et ils convinrent de dîner ensemble.

La soirée où ils se retrouvèrent était particulièrement chaude. La marraine arriva vêtue d'une robe légère qui laissait deviner ses courbes fines sous l'étoffe vaporeuse. Ils échangèrent avec enthousiasme sur la pertinence de la notion de *non finito* chez Michel-Ange, car elle était sujette à discussion, si ce n'est à caution. La nuit étendait lentement son empire sur les rues et le fleuve lorsqu'ils décidèrent de poursuivre leur conversation dans un bar et ensuite dans un club. À danser de plus en plus rapprochés l'un de l'autre, à s'enlacer la taille et le cou, ils s'embrassèrent.

L'habitation de la marraine étant tout aussi en chantier que l'étage dévolu au fils, ils prirent possession de la chambre et du lit de la mère. Le jeune homme découvrit alors des plaisirs dont il ne soupçonnait pas l'existence, une jouissance brute, archaïque, semblable à une sauvagerie primitive antérieure à toute humanité. Sa marraine lui donnait l'impression de s'emparer de la matrice même de son intimité et de son être. Elle pressentait le moment où il allait jouir, ralentissait ou lui intimait une cadence plus lente, entraînant par un miracle inconnu le reflux de son éjaculation au plus profond de ses entrailles, reprenait plus crûment leurs ébats, l'engloutissement et la dévoration de sa queue par son sexe trempé et sa bouche soyeuse, différait de nouveau son explosion, repartait avec une force et une obscénité redoublées, le tenait au bord de l'orgasme pour mieux le congédier, remontait aux préliminaires, flirtait de nouveau avec la limite, recommençait du début, encore et encore, jusqu'à ce qu'elle le libère dans une déflagration proche de la pire des souffrances où il crut terminer éventré, haletant, la vue brouillée par des bribes d'images des esclaves inachevés de Michel-Ange, ne prenant pas tout de suite conscience qu'elle le gardait en elle, qu'elle maintenait et ravivait son érection par de vives contractions de ses muqueuses avant de s'élancer de plus belle pour ne le laisser en paix qu'une fois l'aube morte dans le ciel.

À son retour, la mère accueillit la nouvelle de cette liaison avec une surprise apparemment complaisante.

« Je suis très heureux pour toi, mon fils, et pour ta marraine qui avait sans aucun doute un grand besoin de renouer avec sa féminité. Tu vas apprendre beaucoup de choses avec une femme de son âge, des choses qui rendront toutes tes petites jeunettes encore plus folles de toi. Pense tout de même à dormir un peu, tu as une année décisive qui t'attend dans quelques semaines. »

Dès lors, ils se jetèrent à corps perdu dans une luxure effrénée, se prenant dès qu'ils le pouvaient et partout où ils le pouvaient, car il suffisait que leurs épidermes se touchent pour qu'une fureur électrique ait raison de leur volonté.

La fin de l'été approchait et, avec elle, le crépuscule de leur insouciance sensuelle. Le fils échafaudait mille plans et projets pour revenir le plus souvent possible, pour que sa marraine vienne le voir à la capitale et pour prolonger ainsi leur idylle. Mais à mesure que son départ s'avançait, les disponibilités de son amante s'amenuisaient avec la préparation de la rentrée scolaire de ses filles.

Un soir, en quittant sa bande devant un bar à quelques jours de son retour à la vie étudiante, le fils aperçut à travers la vitre d'un restaurant sa mère et sa marraine attablées ensemble.

En rentrant, sa mère le trouva assis dans le canapé du salon.

« Je t'ai vue avec marraine tout à l'heure. »

Elle déposa sans ciller son sac à main et ses clefs sur la desserte de l'entrée. Il suivait ses moindres gestes.

« Je peux savoir ce que vous vous êtes dit exactement ?

— Elle avait besoin de se confier. »

Le fils bouillonnait.

« C'est à cause de toi qu'elle trouve n'importe quel prétexte pour ne plus me voir ? »

La madone s'assit calmement en face de lui.

« Tu te fais des idées.

— Tu mens. »

La mère croisa les jambes.

« Je n'ai aucune raison de te mentir. Elle avait besoin de parler, nous avons dîné ensemble, point.

— Je suis certain que vous avez parlé de moi.

— Au risque de te décevoir, tu n'es pas son seul centre d'intérêt. Et puis, la teneur de nos échanges ne te regarde pas. »

Le fils se leva en la pointant de l'index.

« Si, ça me regarde puisque ça me concerne. Dis-moi la vérité, je ne suis plus un enfant. »

Sous l'attention placide et glaciale de sa mère, il se mit à faire les cent pas, hors de lui.

« Tu n'as pas le droit de t'immiscer dans mon histoire avec elle ! Je suis un adulte maintenant, j'ai le droit de faire ce que je veux avec qui je veux, tu entends ? »

Elle soupira.

« Si tu es vraiment un adulte, tu cesses de crier, tu t'assois, et alors on pourra discuter entre grandes personnes, tous les deux. »

Il la fusilla du regard, les traits crispés, puis il reprit sa place dans le canapé.

« Très bien, je t'écoute.

— Ta marraine ne sait pas de quelle façon te dire sans te blesser que votre "histoire", comme tu dis, était juste une parenthèse estivale. »

Il encaissa ces mots assassins comme autant de coups de poignard. Sa voix tremblait.

« Impossible. Je sais parfaitement ce qu'elle éprouve pour moi.

— Ce sont pourtant ses mots.

— Je ne te crois pas. Je suis sûr que tu as tout fait pour la convaincre de me quitter.

— Dans ce cas, demande-lui directement à elle, tu verras que je te dis la vérité et que je ne suis en rien responsable de sa décision. »

Ils se défièrent en silence. Le fils se prit la tête entre les mains, soudainement au bord des larmes.

« Mais je l'aime, je ne peux pas vivre sans elle… »

La mère l'observa un long moment sans bouger.

« Elle a sa vie et ses enfants, tu as tes études et ta carrière à construire. Ta marraine le savait, elle sait depuis le commencement que cela se terminerait de cette manière. »

Il gémissait de douleur.

« Non… »

Elle se leva et vint s'asseoir à côté de lui.

« Viens là. »

Le fils nicha son visage contre l'épaule de sa mère, le corps secoué de soubresauts. Il se laissa lentement glisser sur le canapé et déposa sa tête sur les jambes maternelles, la figure tournée vers le ventre originel. Elle lui caressa les cheveux.

« Ne sois pas triste, c'est pour ton bien et pour le sien qu'elle agit. Et puis dis-toi qu'une telle aventure n'a pas forcément de fin puisqu'elle était par définition sans avenir. Rien ne vous empêchera d'être plus tard des amants épisodiques au long cours. C'est bien plus beau d'ailleurs que de végéter bêtement en couple jusqu'à ce que la mort mette fin à l'ennui conjugal. »

Le fils pleura longtemps. Sous les caresses de sa mère, ses sanglots s'estompèrent et, légèrement recroquevillé sur lui-même, il s'endormit.

*Kratéa prend part à chacune des réjouissances données en l'honneur du triomphe de son fils sur Épidaure. À ses côtés, elle est de tous les banquets, de toutes les danses, de tous les spectacles, de toutes les célébrations. Rien ne lui échappe. Elle se plaît à constater que le vainqueur s'enivre de son succès avec toute la frénésie de sa jeunesse. Dissimulée derrière les jalousies des palais où se déroulent des orgies cyclopéennes, elle jubile de le voir s'étourdir jusqu'à épuisement dans un tourbillon de débauche et de luxure.*

*Les festivités terminées, revient le temps de la politique et de la raison d'État.*

*Un matin, alors que le héros se délasse dans la moiteur des bains de vapeur après sa séance d'entraînement avec son maître d'armes, Kratéa se joint à lui.*

*« Mon fils, Euryphon m'a dit que vous l'aviez battu par trois fois aujourd'hui. Il assure que vous serez bientôt le combattant le plus aguerri que la terre ait jamais porté.*

*— Euryphon manie aussi bien l'épée que la flatterie. Mais je sais que deux de mes victoires sur lui*

*n'étaient pas dues à sa complaisance pour son seigneur et maître. »*

*Kratéa s'allonge nue sur la céramique tiède.*

*« J'ai repensé à votre projet concernant Mélissa.*

*— Oui, mère ?*

*— À la réflexion, il m'apparaît que vous avez raison. Il est temps que vous donniez à Corinthe une descendance, et surtout un héritier. Par conséquent, l'heure est venue pour vous de prendre femme. »*

*Les muscles du conquérant se bandent de joie.*

*« Mère, vous ne sauriez me rendre plus heureux qu'en cet instant ! »*

*Kratéa lisse la peau de ses hanches pour en retirer les perles de sueur.*

*« Vous savez certainement, mon fils, que Mélissa est tout sauf une innocente ? »*

*Son garçon fronce les sourcils en la scrutant dans le brouillard aqueux.*

*« Que voulez-vous dire ? »*

*Kratéa réprime un soupir.*

*« Sa fureur sensuelle n'est pas une légende, comme du reste celle des Héraclides en général. »*

*Le souverain se redresse.*

*« Je saurai reléguer au rang de quantités négligeables tous ses prétendants passés, présents et à venir, vous pouvez m'en croire ! »*

*La reine mère sourit.*

*« Je sais, mon fils, l'éducation charnelle que je vous ai prodiguée depuis votre plus tendre enfance a fait de vous un guerrier achevé sur le champ de bataille des plaisirs corporels. Enfin, presque achevé.*

*— Je pensais pourtant que vos femmes m'avaient appris tous les secrets de votre sexe ?*

*— Il y a toujours des secrets à découvrir en la matière. »*

*Elle tourne un visage amusé vers ce roi à la fierté soudainement craquelée de perplexité et d'incertitude.*

*« Rassurez-vous, mon fils, j'ai la personne qu'il vous faut afin de parfaire votre savoir sur le sujet et mettre Mélissa aux abois pour l'éternité. »*

*L'intéressé la fixe avec concupiscence.*

*« Parlez, mère, parlez. »*

*Kratéa s'assoit face à lui.*

*« Il s'agit d'une de mes amies proches. Son art dans la science de la chair est le plus abouti que j'aie jamais vu. Elle maîtrise les obscurs sentiers qui mènent à la jouissance la plus archaïque qui soit, celle qui abolit toute humanité entre les amants et les relègue au rang de leur nature primitive. Et elle est à vous si vous le désirez. »*

*Son fils se lève et plonge son corps sculpté dans le grand bassin d'eau fraîche.*

*« Qu'il en soit ainsi. »*

*Kratéa se glisse à son tour dans le bassin.*

*« Nous parlons d'une femme de haut lignage, elle exige certaines conditions pour préserver son rang et sa dignité.*

*— Lesquelles ?*

*— Elle n'est pas entrée dans les détails lorsque nous avons évoqué cette éventualité. Mais je vais m'en enquérir auprès d'elle et vous dirai dès que je saurai. »*

*Le jeune homme a une moue contrariée.*

*« Je pensais pouvoir jouir de ses lumières aujourd'hui. »*

*Kratéa se penche vers lui avec un air espiègle.*

*« La patience qu'il vous faudra observer avant d'assouvir votre désir sera la première de ses leçons… »*

*Ils se regardent avec une gaieté complice croissante. Le fils commence à asperger sa mère en riant et tous deux se chamaillent comme lorsqu'il était enfant.*

*Les jours et les semaines passent sans que Kratéa reparle au maître de Corinthe de sa mystérieuse amie. L'agitation du roi augmente au point de devenir une véritable obsession. Il en perd parfois le sommeil et l'appétit. Lorsqu'il questionne la reine mère, elle lui répète que cette noble dame n'est pas encore revenue du voyage d'affaires auquel elle sacrifie pour accompagner son mari.*

*Et puis, un soir, à la fin du dîner, Kratéa congédie les serviteurs pour rester en tête-à-tête avec son fils.*

*« Celle que vous attendiez est de retour en son palais.*

*— Voici une merveilleuse nouvelle, mère ! Quand pourrais-je la voir ?*

*— Elle m'a fait savoir qu'elle vous rendrait visite à la prochaine pleine lune. »*

*Le souverain remplit sa coupe de vin.*

*« Pourquoi si lointainement ? »*

*Kratéa rit devant tant d'emportement et d'impatience.*

*« Mon fils, soyez raisonnable. Que représentent deux jours et deux nuits supplémentaires d'attente ? Comprenez qu'elle doit prendre toutes les dispositions nécessaires afin de ne pas attirer les soupçons dans sa maison. »*

*Le conquérant d'Épidaure tourne ses paumes au ciel, vaincu.*

*« Vous avez raison, mère, comme toujours. »*

*Kratéa observe les émotions contradictoires qui traversent sa progéniture.*

*« Il faut au préalable que je puisse assurer mon amie que vous respecterez scrupuleusement ses conditions.*

*— Je suppose que cela fait partie de ce qu'il me reste à apprendre ?*

*— Notamment, oui, même si obéir n'est pas chose naturelle pour un être tel que vous.*

*— Et quelles sont ces conditions ?*

*— La pièce devra demeurer dans l'obscurité. Mon amie sera vêtue de telle façon que vous ne pourrez pas discerner ses traits. Vous serez autorisé à la toucher mais pas à lui parler ni à la voir dans son intégralité. Vous allez devoir apprendre à regarder avec vos autres sens, mon fils, à ressentir et non plus uniquement sentir.*

*— Je ne pourrai donc jamais connaître son identité ?*

*— Jamais. »*

*Après un long moment d'hésitation feinte, tout sourire, le fils lève son calice en direction de sa mère, signe d'acceptation valant reddition aux termes du traité.*

*Les quelques levers de soleil le séparant de cette visite clandestine plongent Périandre dans un état de fébrilité où la nervosité le dispute à la torpeur. Impossible pour lui de se concentrer sur quoi que ce soit. Aucun livre ne parvient à arrimer son attention. Aucun exercice physique ne réussit à rompre suffisamment son corps pour détourner son esprit de l'excitation qui le dévore.*

*Même ses entraînements avec Euryphon n'accaparent pas assez sa présence pour qu'il en sorte victorieux.*

*Les dernières heures avant la fin de cette insoutenable attente prennent un malin plaisir à s'étirer sur l'axe du cadran solaire. L'irritabilité et l'effervescence royales sont palpables dans l'air.*

*Alors que le futur amant contemple du haut de sa terrasse Corinthe alanguie dans la luminosité laiteuse de la pleine lune, sa mère le rejoint et lui tend une liqueur concoctée spécialement pour l'occasion.*

*« Tenez, mon fils, vous devez boire ceci pour calmer votre ébullition et vous placer dans de bonnes dispositions. »*

*Il boit le philtre d'un trait.*

*« Maintenant, venez vous étendre dans ma chambre. Elle dispose d'un passage secret par lequel la femme que vous espérez pourra entrer sans être aperçue de quiconque dans le palais. Votre père l'empruntait jadis pour venir me trouver ou sortir dans la ville, c'était selon son humeur. »*

*Le jeune homme la suit et s'allonge sur la couche maternelle. Un délicieux sentiment de calme ouaté, mélange de volupté et de lascivité, coule dans ses veines.*

*Kratéa s'assoit sur le bord du lit.*

*« Fermez les yeux et laissez-vous aller à la rêverie de ce qui vient. Et n'oubliez pas : le silence, le mystère et les ténèbres doivent sceller le secret de votre initiation. »*

*Il obéit. Elle lui caresse affectueusement le front, passe langoureusement ses doigts fins dans l'épaisse chevelure de sa descendance et s'éclipse sans bruit.*

*Il se réveille au cœur de la nuit, une étrange impression d'humidité chaude autour de son sexe bandé à l'extrême. Dans la demi-pénombre, il entraperçoit une silhouette agenouillée entre ses jambes. À l'exception de son regard planté dans le sien, scintillant dans le clair-obscur, elle a le visage dissimulé par un voile noir sous lequel est enfoui son membre turgescent. Il sent la vélocité vicieuse de cette langue qui agace comme aucune autre auparavant son gland de sa pointe, son frein, ses testicules, la moiteur obscène de cette bouche qui l'engloutit tout entier, une main en enserrant la racine et le branlant, l'autre malaxant ses bourses. Désireux d'achever ces présentations d'une manière triomphale, il accélère le mouvement de va-et-vient avec son bassin quand, d'un geste ne souffrant ni contradiction ni résistance, la femme lui intime de ne pas interférer avec le rythme qu'elle entend lui imposer. Il laisse retomber sa tête en arrière, étend ses bras en signe de capitulation et s'abandonne aux mille nuances des sensations qui l'assaillent. Les prémices de sa jouissance tressaillent dans sa verge dont les veines se gonflent plus fortement à mesure que la sève brûlante monte vers la libation, mais l'inconnue s'interrompt juste avant, à l'instant qui l'aurait vu exploser, pour reprendre ensuite, s'interrompre de nouveau à la limite ténue de son éjaculation, reprendre et s'interrompre, encore et encore, une tornade insoutenable, disloquant le temps, le mettant au supplice, tétanisant son corps dans cette extase qu'on le force à contenir, presque jusqu'à la nausée, et enfin, le cœur au bord des lèvres, un coup de poignet à peine plus ferme que les précédents, et il décharge avec un râle de bête traquée, agonisante, la vision enténébrée d'une cécité blanche, le corps arc-bouté d'un plaisir confinant à la souffrance. Son cœur cogne dans sa poitrine et contre ses tempes, la main branle plus fortement son sexe lorsqu'il se retrouve avalé dans une moiteur plus humide et plus chaude. Il ouvre les yeux et découvre à demi le corps de cette femme, nimbé d'étoffes vaporeuses, qui le chevauche avec une fureur sœur de la rage, il devine la finesse des hanches sous la transparence du voilage, le port orgueilleux des seins tendus, ses mains s'aventurent sous le tulle, éprouvent la fermeté et la fièvre de la peau, il jouit de nouveau, la chevauchée redouble, sa gorge se serre, il halète alors même qu'il gît sur le dos, il jouit encore, la vulve trempée qui enveloppe son membre semble se resserrer pour mieux le ligoter et l'avaler, les frontières charnelles se brouillent, il ne sait plus s'il possède une queue ou si c'est elle qui en est pourvue, s'il la prend ou s'il est pris par elle, il ne sait plus s'il jouit ou s'il meurt avant de hurler dans un ultime orgasme et de s'éteindre exsangue de lui-même dans une inconscience proche de la mort.*

Dans le train, la mère trépignait, une amoureuse avant le rendez-vous tant espéré. Jamais son excitation ni sa hâte de poser le pied sur l'asphalte de la capitale n'avaient été si fortes. L'heure de sa consécration était venue. À la différence du père, incapable de décaler un énième de ses déplacements, elle n'aurait pour rien au monde raté cette journée. Dans quelques heures, la chair de sa chair, son fils, dirigerait sa première vente aux enchères avec le titre tant convoité de commissaire-priseur. Il accomplissait ses rêves avortés par sa maternité et comblait toutes ses attentes. Comment aurait-il pu en être autrement, puisqu'il était son fils, qu'il lui devait la vie, tout ce qu'il était ?

Elle adorait son nouvel appartement, acheté dans le même quartier où il vivait précédemment. Dès qu'il avait été embauché dans son office, elle l'avait aidé à obtenir un prêt – elle avait refait de fond en comble la maison de leur banquier – et il s'était porté acquéreur de ce charmant trois-pièces, meublé et décoré par ses soins, selon leur goût. Elle conservait de nouveau le double des clefs pour parer aux étourderies naturelles de son garnement chéri face aux contingences matérielles quotidiennes, et la chambre d'amis lui était évidemment réservée.

Le trajet entre la gare et sa destination finale lui sembla une éternité. Prise dans les embouteillages, elle songeait que son fils était vraiment un bon fils. D'autant plus que leur complicité s'avérait plus forte que jamais dès qu'ils se parlaient ou se retrouvaient. Ces derniers temps, toutefois, il faisait preuve d'une certaine ingratitude, lui donnant encore moins de nouvelles que d'habitude. « Il pourrait tout de même faire un effort, je suis sa mère, pas l'une de ses vulgaires conquêtes », pensait-elle quelquefois, avant de se reprendre et de se rassurer : « Quoi de plus normal, après tout, avec la préparation exigée par cette vente inaugurant sa merveilleuse carrière à venir ? » Oui, son fils restait un bon garçon, parfois trop, il lui faudrait veiller à ce qu'aucune femelle opportuniste ne lui mette le grappin dessus pour profiter de sa situation hautement prometteuse.

En arrivant sur le palier, elle fut surprise d'entendre brailler à tue-tête un standard de la variété en provenance de chez son héritier. Cela ne ressemblait pas à l'esthétique subtile et délicate qu'elle lui avait transmise.

Elle entra sans s'annoncer ni manifester sa présence. Elle nota que trois bouteilles vides et deux verres gisaient sur la table basse du salon. Alors que, dans la cuisine ouverte, elle déballait les douceurs culinaires et vinicoles rapportées pour fêter l'événement du jour, une voix féminine retentit depuis la salle de bains :

« C'est toi, mon cœur ? »

Cette intervention sonore fut suivie de l'irruption d'une jeune femme aux cheveux mouillés et complètement nue. L'intruse sursauta, tentant de masquer sa nudité d'un bras barrant ses seins et d'une main posée sur son sexe. Elle voulut articuler quelque chose mais aucun son audible ne réussit à franchir ses lèvres jusqu'à ce que la mère rompe le silence.

« Mon fils n'est pas là ? »

Elle se mit à ranger vin et nourriture dans les placards adéquats comme si de rien était.

« Oui… bien sûr… suis-je bête… vous êtes sa mère.

— Et vous sa dernière petite amie en date, je suppose ? »

La jeune femme opina du chef, hésitant à faire un pas vers elle et à tendre la main avant de se raviser.

« Je suis très heureuse de vous rencontrer, même si j'aurais préféré que ce soit dans un cadre plus… »

La mère se tourna vers elle en souriant :

« Vestimentaire ? »

La jeune femme sourit à son tour, les joues empourprées de gêne.

« Oui ! D'autant que votre fils m'a tellement parlé de vous…

— Vous avez de la chance, au moins, vous, il vous parle.

— Il a beaucoup travaillé pour préparer la vente de cet après-midi. C'est la première fois que nous

nous revoyons depuis plusieurs semaines. Il ne va d'ailleurs pas tarder, il est juste descendu à la boulangerie, il sera là d'une minute à l'autre. »

La mère referma le réfrigérateur.

« Pourriez-vous dire à mon fils que je suis au café où nous allons généralement tous les deux et que je repasserai un peu plus tard ? Cela ne vous dérange pas si je laisse ma valise ici ?

— Non, je vous en prie, restez.

— Vous êtes gentille, je vous ai déjà assez embarrassée pour aujourd'hui. Je voulais lui faire la surprise pour cette journée si particulière... on peut dire que c'est réussi. »

Elle mit ses lunettes de soleil et sortit de l'appartement, abandonnant la jeune femme dans une confusion encore plus grande.

Lorsqu'elle revint, elle trouva son fils, seul. Il se précipita pour l'embrasser.

« Où étais-tu ? Je t'ai cherchée partout dès que j'ai su que tu étais là !

— J'ai eu envie de me promener dans le quartier. J'avais besoin de marcher. »

Elle fit quelques pas dans la pièce.

« Prêt ? »

Il désigna son costume.

« Comment tu me trouves ? »

Elle le détailla, s'approcha et rajusta son nœud de cravate.

« Tu es parfait. »

Elle s'éloigna et s'assit dans le canapé. Le fils rejoignit nerveusement la cuisine.

« Tu veux boire quelque chose ? De l'eau, un café, du thé ?

— Je veux bien de l'eau, mon chéri, toute cette histoire m'a laissé la gorge sèche et un rien amère.

— Tu as faim ?

— Non, je te remercie, je me sens un peu barbouillée. Le trac, sûrement. »

Le fils lui apporta le verre demandé.

« Magnifique, ce cristal !

— Oui, je l'ai chiné le mois dernier. Belle Époque, le travail de verrerie est une pure merveille. »

Il prit place dans le fauteuil club face à sa mère.

« Alors ?

— Alors quoi ?

— Tu as rencontré… »

Il n'acheva pas.

« Oui. La pauvre…

— Pourquoi la pauvre ?

— Elle aurait sans doute espéré être plus à son avantage pour ce genre de présentation… »

Le fils rit en imaginant la scène.

« Ça fait longtemps ?

— Quelques mois.

— Tout de même ! Et tu ne m'as rien dit ? C'est pour cela que tu me donnais moins de nouvelles ? »

Le fils balaya l'accusation d'un geste évasif.

« Non, bien sûr que non ! J'avais juste beaucoup de boulot avec ce que tu sais. »

La mère scrutait chacune de ses réactions avec attention.

« Tu ne vas pas commencer à avoir des secrets pour ta mère ?

— Quelle idée, jamais ! »

Elle continuait de l'observer.

« C'est du sérieux cette fois ? »

Il eut une moue évasive.

« Je ne sais pas. On verra bien avec le temps. »

La mère croisa les jambes.

« Donc, c'est du sérieux. Si tu ne sais pas, c'est que c'est du sérieux. »

Le fils regarda sa montre.

« On y va ? Il ne manquerait plus je sois en retard !

— Tu as mangé quelque chose ?

— Vite fait. »

Elle hocha négativement la tête en signe de désapprobation.

« Je te donnerai double ration ce soir. »

À la salle des ventes, ils retrouvèrent le parrain ainsi que la jeune femme. La matrone détailla son habillement et lui tendit la main.

« Enchantée de vous revoir dans cette situation… »

Son interlocutrice la coupa :

« Plus vestimentaire ? »

La mère sourit comme on mord.

« Exactement. »

La vente terminée, le parrain s'éclipsa pour se rendre à un rendez-vous et ils allèrent tous les trois dans le premier café venu. La madone ne désemplissait pas de fierté pour le héros du jour. Passé les congratulations d'usage, elle soumit l'inconnue à la question : d'où venez-vous, que font vos parents, dans quoi travaillez-vous.

« Arrête, plaisantait le fils, on dirait Catherine la Catholique ! »

La jeune femme se prêtait sans rechigner à ces rafales interrogatives.

« Laisse, mon cœur, il est normal que ta mère veuille mieux connaître la personne qui partage ta vie. »

Il s'avéra qu'elle était originaire de la ville rivale de la leur, que ses parents étaient des commerciaux dans le secteur de la production de bouchons, qu'elle était également commerciale, en charge de vendre des espaces publicitaires pour un groupe de presse dont dépendait entre autres *La Gazette*, le magazine de références des ventes aux enchères, et qu'ils s'étaient justement rencontrés à l'occasion d'un cocktail organisé par ledit hebdomadaire.

À l'issue de cet interrogatoire en règle, le fils demanda :

« Maman, que dirais-tu de voir la famille s'agrandir ? »

La mère se figea dans une attitude effarée. Elle se tourna vers la jeune femme :

« Vous êtes enceinte ? »

Le fils éclata de rire devant l'expression de sa mère.

« Si tu voyais ta tête ! »

Elle insista :

« Non mais vraiment, vous attendez un enfant ? »

Le fils rit de plus belle avant de dissiper les craintes maternelles et l'embarras croissant de sa fiancée.

« Non, sois rassurée, on n'attend pas d'enfant. Pas encore. On a juste décidé de se marier. »

Elle poussa un soupir de soulagement.

« Vous m'avez fait peur ! Un mariage, mais c'est formidable, champagne ! »

Elle leva sa flûte en leur honneur :

« À vous, à nous ! »

Ils trinquèrent. Le fils regarda sa mère avec tendresse et amusement.

« Tu as vraiment cru qu'elle était enceinte ?

— Oui ! »

Elle les fixa chacun leur tour.

« Ne faites pas des enfants trop vite, pas tout de suite. Profitez le plus possible de votre bonheur et de votre liberté. Sortez, voyagez, amusez-vous, car après, la vie change, j'en sais quelque chose ! Pensez d'abord à vous et à votre carrière. C'est important. Et puis, de toute façon, je ne suis pas prête à être grand-mère ! »

Elle resservit sa presque belle-fille, dont le verre était déjà vide.

« Je peux te donner un conseil, de femme à femme ? Je peux te tutoyer ? »

Son interlocutrice acquiesça.

« Mon fils est de la race des Médicis, il est promis à un grand avenir dans son domaine, je le sais depuis qu'il est petit. Il est passionné et très indépendant, je l'ai élevé pour qu'il le soit, toutes celles qui ont voulu l'enfermer en ont été pour leurs frais, et vu comment il a l'air de tenir à toi, je ne voudrais pour rien au monde qu'il t'arrive le même sort. »

L'intéressée fut touchée par tant de sincérité et de bienveillance.

« Entendu. »

La mère se tourna vers son fils.

« Et toi, je t'ai à l'œil : ne sois pas comme ton père, c'est une affaire sérieuse, le mariage. »

Il écarta les bras en signe de son absolue bonne volonté.

« Tu me connais !

— Justement.

— Tu exagères.

— Au contraire : je te connais mieux que toi-même. »

Le fils passa son bras autour des épaules de sa fiancée.

« Bienvenue chez les dingues ! »

Ils rirent ensemble et trinquèrent de nouveau. La mère les emmena dîner dans une brasserie qu'elle affectionnait. À la fin du repas, la jeune fille était discrètement ivre et s'excusait sans cesse pour son état d'ébriété, dû à sa joie d'être si bien accueillie par sa future belle-mère. Celle-ci les invita d'autorité malgré leurs protestations conjointes.

« On ne discute pas la volonté de la reine mère ! »

Au moment de se séparer, elle voulut aller dormir à l'hôtel pour ne pas les déranger plus qu'elle ne l'avait fait, mais le fils refusa catégoriquement : il irait dormir chez sa fiancée.

« Tu es chez toi chez moi. Et pas de discussion, je suis le dauphin ! »

De retour à l'appartement de son fils, la jovialité affichée de la mère disparut. Elle inspecta les lieux avec minutie, retraçant comment cette petite envahisseuse avait progressivement grignoté l'espace et le cœur de la chair de sa chair. Un jour on oublie un T-shirt, un autre un chemisier, un autre encore une culotte, jusqu'à investir un tiroir de la commode, une rangée de l'armoire et un pan du dressing pour ne pas avoir à se déplacer sans cesse avec un sac d'affaires de rechange, et finir par l'anschluss fatal de la brosse à dents dans le verre de la salle de bains, point de non-retour marquant le début de la vie de couple et sonnant le glas de la liberté.

« On ne se méfie jamais assez des brosses à dents », pensa-t-elle en se glissant dans les draps de son fils qu'elle voulait marquer une dernière fois de son odeur de mère.

La mère s'impliqua corps et âme dans l'organisation de cet événement historique. La cérémonie et les festivités se devaient d'être grandioses, dignes de son fils, dignes d'elle qui l'avait mis au monde.

Elle charma les parents de l'autre bord et lia avec eux une connivence instantanée. Son enthousiasme et son énergie forçaient tant leur admiration qu'ils se rangèrent à ses avis et à son goût si sûr pour tout ce qui relevait de l'intendance. Tandis que le père du futur marié suivait à la traîne, elle sélectionna différents lieux et différents traiteurs, s'assura du soutien de ses nouveaux meilleurs amis sur ses préférences pour ensuite, avec leur appui, présenter le fruit de ses investigations aux intéressés et emporter leur approbation ravie, leur laissant l'illusion d'exercer l'arbitrage final.

Pour plus d'efficacité, la mère séjournait régulièrement chez son fils, où sa fiancée s'était installée. Elle s'évertuait à les soulager le plus possible de la lourdeur chronophage de tous les détails à régler avant le grand jour. Elle leur préparait des dossiers fournis pour les choix des nappes, des chandeliers, de l'argenterie, des fleurs, toutes les menues questions qui surgissaient sans cesse à chacune de leurs avancées et sur lesquelles il leur revenait de statuer suivant ses conseils éclairés. Son investissement dans leur union lui permit de mieux connaître sa presque belle-fille, de nouer avec elle une relation amicale et complice. Elles déjeunaient ensemble, se retrouvaient en fin de journée autour d'un verre de vin ou au hammam, échangeaient confidences et secrets de plus en plus intimes.

« J'adore ta maman, se réjouissait la jeune femme, son bonheur pour nous est contagieux et très touchant. C'est fou comme elle prend tout cela très à cœur. »

Elle s'entendait si bien avec sa future belle-mère qu'elle sollicita ses lumières sur le sujet le plus épineux au monde : sa robe de mariée.

La mère se renseigna, tria les bonnes et les mauvaises adresses. À la fin, la jeune promise hésitait entre deux modèles. Face à son incapacité à se prononcer d'une manière certaine et définitive, la mère lui suggéra de prendre le temps de la réflexion. La fiancée de son fils les essaya à plusieurs reprises ainsi qu'à plusieurs semaines d'intervalle, penchant tantôt pour l'une, tantôt pour l'autre. La mère partageait ses interrogations et son embarras mais se refusait catégoriquement à donner son sentiment personnel : c'était son mariage à elle, la décision lui revenait.

Jusqu'à cet énième essayage où la jeune femme s'exaspérait de sa propre irrésolution :

« Je n'y arrive pas, je les aime autant toutes les deux. Laquelle tu choisirais ? Dis-moi sincèrement. »

La mère afficha réserve et pudeur.

« Ça me gêne, vraiment.

— S'il te plaît, sinon je vais finir aussi dévêtue que le jour où on s'est rencontrées ! »

La mère sourit à ce souvenir.

« Tu es sûre ?

— Oui ! Personne ne le connaît comme toi, tu sais mieux que moi ce qu'il lui plaît. »

Au regard d'un tel argument, elle se lança :

« Celle que tu portes est très belle, elle te va divinement bien, et malgré tout, je ne peux m'empêcher de trouver qu'elle te met moins en valeur que l'autre. Elle est peut-être un peu trop clichée, trop meringue, trop frou-frou, trop "je joue à me marier dans un conte de fées", trop petite fille. Celle-ci est plus près du corps, plus sexy, plus femme. Tu es jolie et bien faite, mon fils sera fier de t'avoir à son bras avec elle. Je parie même qu'il n'en sera que plus inspiré pour la nuit de noces… »

L'affaire fut entendue. Pour son costume, le fils s'en remit entièrement à sa mère :

« Tu sais ce qui me va, je viens pour les mesures et je te laisse faire. »

Les alliances posèrent plus de problèmes. La jeune femme penchait pour le jonc et l'or jaune, tandis que le fils et la mère préféraient le ruban et l'or blanc. Ils trouvèrent un modus vivendi en s'arrêtant sur un jonc en or blanc.

Au moment de les faire forger, la mère conseilla à son chéri :

« Prends la taille légèrement au-dessus, ce type d'anneau peut vite boudiner les doigts de façon assez disgracieuse. Et puis, tu pourras l'enlever plus facilement si tu en as besoin. »

Restait un dernier point, un point primordial : la bague que le marié devait offrir à sa femme. Cette question-là ne regardait qu'eux. D'un commun accord, la mère fit démonter et fondre certains de ses bijoux pour créer une pièce unique et sur-mesure pour sa future belle-fille. Elle tint absolument à y mêler l'alliance qu'elle avait portée du temps de sa vie maritale. Face à ce geste, le fils ne savait comment réagir ni s'il devait accepter une telle offrande. Sa mère insista :

« S'il te plaît, ça me fait tellement plaisir. J'aurais l'impression de veiller sur vous et de vous porter bonheur. »

Incapable de résister à pareille requête, le fils embrassa avec une tendresse et un amour infinis cette femme sans qui il ne serait pas l'homme qu'il était.

L'approche du grand jour générait quelques tensions entre la mère et la fiancée. Les craintes liées à la météo, les changements de plan de table de dernière minute, l'agencement des bouquets, une myriade de petits imprévus venait augmenter le stress de l'une et l'agitation de l'autre.

« J'ai parfois l'impression que ta mère veut décider de tout ! »

Le fils temporisa.

« Justement, profite ! Ne t'encombre pas l'esprit avec ces broutilles et concentre-toi plutôt sur le bonheur qui nous attend. »

La jeune femme vida son verre de vin et s'en servit un autre.

« Mais tu ne la trouves pas un peu envahissante quand même ? »

Il éclata de rire.

« C'est ma mère… Mets-toi deux secondes à sa place : elle a renoncé à sa carrière pour s'occuper de moi, elle m'a élevé toute seule, j'ai été le centre de sa vie pendant des années, ça ne doit pas être facile pour elle de couper le cordon avec son fils, et unique en plus. »

Il la prit dans ses bras et l'embrassa.

« Ce mariage, c'est aussi un peu le sien... On verra comment tu seras, toi, si on a un petit garçon et qu'il se marie ! »

Elle sourit et s'adoucit.

« Tu as raison, il faut que j'arrête de me mettre la pression et de blâmer ta mère. D'autant qu'elle s'est vraiment démenée comme une lionne pour que notre mariage soit parfait. »

Malgré ces agacements passagers, la jeune fille ne pouvait s'empêcher d'être profondément émue par la gentillesse et l'implication de cette mère si dévouée.

La veille de la cérémonie, la matrone vint trouver celle qui, dans quelques heures à peine, s'unirait à la chair de sa chair.

« J'ai une faveur à demander à la reine de demain.

— Bien sûr, dis-moi.

— Je te rassure, ce n'est pas un énième changement de plan de table ! »

Sa presque belle-fille ne put réprimer un sourire. La mère ouvrit un écrin et en sortit un collier de perles.

« Je les portais pour mon mariage. Je voulais te les offrir et savoir si tu me ferais l'honneur de les porter à ton tour ? »

Les yeux de la future mariée s'embuèrent de larmes. Elle prit la mère dans ses bras, qui l'étreignit à son tour.

« Je te confie ce que j'ai de plus précieux au monde, prends-en bien soin. »

Elles cessèrent leur étreinte. La mère la tenait toujours par les épaules.

« Soyez heureux. Et si jamais tu lui fais du mal, je t'arrache les yeux. »

La jeune femme sourit entre deux sanglots à cette menace qu'elle savait bienveillante, trop bouleversée pour articuler la gratitude qui l'habitait.

La mère rejoignit son fils qui, conformément à la tradition et aux convenances, ne reverrait sa femme qu'au moment de commettre l'irrémédiable.

Le lendemain, elle se leva tôt pour superviser les derniers détails au château où se tiendraient les grandes réjouissances du soir. Elle termina son inspection par la suite nuptiale qu'elle avait louée aux deux tourtereaux pour la nuit de noces. Tout avait été aménagé selon ses directives. Elle avait fait rajouter des miroirs à des angles stratégiques de la pièce afin que les amants puissent jouir des reflets de leurs plaisirs. Lors de ses séjours à la capitale, elle avait en effet constaté en fouillant dans les tiroirs de la fiancée ainsi qu'en allant au hammam avec elle que sa lingerie restait plutôt sage pour une femme s'apprêtant à partager la vie d'un homme de la qualité de son héritier, un homme dont les sens et les désirs avaient été aiguisés sur la pierre angulaire aiguë de sa sensibilité à elle et de la sensualité capiteuse de sa marraine. Ces miroirs inviteraient peut-être cette ingénue à s'aventurer sur un versant plus obscur de la sexualité, une sexualité plus sophistiquée à laquelle son fils avait été initié et était attaché.

Elle rentra ensuite se préparer et veiller à la bonne mise du roi incontesté de cette journée. Aux prises avec sa lavallière dans laquelle il s'empêtrait, elle l'aida à la nouer.

Le parrain passa les prendre pour les conduire.

« Vous êtes somptueuses ! Dignes d'un couple mythique du cinéma muet ! »

Pendant le trajet, la mère scruta le fils à son insu dans le rétroviseur. Ce mariage était une erreur, elle le savait, elle le savait depuis le début, depuis cet instant maudit où ces deux inconscients lui avaient révélé leur projet insensé, gonflés de leur aveuglante certitude. Ils n'étaient pas du même monde, encore moins de la même race. Cette fille était trop cruche pour son fils qui, dans sa précipitation infantile, avait confondu la banalité consubstantielle d'une aventure passagère avec la poésie d'une certaine forme de pureté et de candeur caractéristique des cœurs simples. Elle ne voyait que misères et malheurs à l'horizon de cette union. Heureusement, son notaire avait bien verrouillé le contrat de ces épousailles, et elle avait un excellent avocat pour le jour béni où ils divorceraient. C'était l'une de ses seules satisfactions en ce moment digne d'un deuil.

Une autre de ses maigres satisfactions fut de constater à quel point le costume de son fils et la robe de sa fiancée s'accordaient comme elle l'avait prévu avec sa tenue. Elle vit aussi avec intérêt la manière dont son enfant embrassa sa marraine et la façon dont son amie garda sa main dans la sienne tandis qu'elle le félicitait ; il y avait dans leur attitude la connivence d'un secret en forme de promesse qui lui apporta un profond réconfort.

*Le soleil trône dans le ciel lorsque le jeune roi abandonne le sein moelleux du sommeil. Il s'assoit sur le bord du lit, sent l'air chaud du dehors chatouiller la peau de ses membres engourdis.*

*Il se lève, traverse la chambre jusqu'à une imposante vasque en or et s'asperge d'eau fraîche avant de contempler sa nudité dans le miroir. Quelque chose en lui a changé, impression imperceptible, à la limite du palpable, et pourtant bien présente. Son corps emplit l'espace d'une manière différente ; il lui apparaît plus ferme, plus souple, plus assuré. Son regard, également, brille d'une lueur plus sombre et plus mâle.*

*Vêtu d'une simple tunique en lin pourpre, il descend sur la grande terrasse du palais dominant la ville. Kratéa y est attablée, plongée dans la lecture d'une dépêche.*

*Il s'assoit.*

*« Bonjour, mère.*

*— Bonjour, mon fils. »*

*Servantes et serviteurs apportent plats et corbeilles de fruits pour la restauration du souverain.*

*« Que lisez-vous ? »*

*Kratéa dépose le papyrus devant elle.*

*« Le rapport de notre émissaire d'Athènes.*

*— Et de quelle teneur est-il ?*

*— La soif de pouvoir et le désir d'expansion des Grecs continuent de croître, mais la situation nous concernant est stable pour le moment. Nul n'est encore prêt ni assez fort pour oser défier notre puissance. »*

*Périandre la détaille un instant.*

*« Vous êtes très en beauté, mère. »*

*Elle incline légèrement la tête.*

*« Le plaisir de vous servir et de vous obliger, mon fils et maître. »*

*Elle laisse planer des yeux de rapace sur la cité.*

*« Corinthe ressemble à une catin lascive allongée à vos pieds, et il en sera à jamais ainsi tant que vous régnerez. »*

*Le jeune homme mêle sa vision à celle de sa mère et suit les courbes blanches langoureuses des bâtiments qui ondoient dans la vigoureuse lumière de l'été.*

*« Des nouvelles d'Épidaure ? »*

*Kratéa se tourne vers lui et lui vers elle.*

*« Proclès propose de célébrer vos noces dans un mois. »*

*Périandre s'appuie contre le dossier de sa chaise.*

*« Je pensais en me réveillant qu'il serait sans doute préférable de ne pas précipiter les événements. Je veux dire… afin de préparer des festivités dignes de ce nom. »*

*Sa mère réprime un sourire.*

*« Auriez-vous changé d'avis, mon fils ? Les jouissances de ces dernières semaines auraient-elles érodé vos sentiments pour la belle Mélissa ?*

*— Disons que je souhaite approfondir certaines de mes récentes connaissances avant de prendre reine. Ne*

*me suggériez-vous pas dernièrement que, pour soumettre une femme telle que Mélissa et assurer ainsi mon honneur par sa dépendance, je devais encore apprendre quelques-uns de vos secrets ? »*

*Un filet de vent fait frissonner les bras nus de Kratéa.*

*« Dois-je comprendre que votre nuit vous a été profitable ? »*

*Le regard de son fils s'embrase.*

*« Profitable ? Mère, ce n'est pas le mot ! »*

*Et de lui détailler avec ardeur combien il pressent qu'il n'a fait qu'entrouvrir la porte d'un monde abyssal, un continent obscur et inconnu qu'il entend cartographier dans ses moindres reliefs en priorité de toute autre affaire.*

*« Je vais voir ce qu'il est possible d'envisager en la matière, mon fils. »*

*Une fois le mariage avec Mélissa arrêté pour le printemps suivant, Périandre ne vit plus que pour ces jours de pleine lune où il retrouve la mystérieuse maîtresse de toutes ses pensées et de tous ses désirs. Il confie l'entière conduite du royaume à sa mère – elle ou lui, quelle importance, ne parlent-ils pas depuis toujours d'une seule et même voix ? – et il s'abandonne corps et âme aux plaisirs et aux instincts primitifs que cette créature aux mille visages invisibles parce que sans visage révèlent en lui. Il se découvre une sauvagerie ancestrale, antérieure à toute civilisation, à la vie même, que ni les combats ni la guerre n'avaient jamais su réveiller dans les profondeurs aveugles de ces entrailles, une bestialité qui transforme les pires outrages en bienfaits, la plus insondable des brutalités en tendresse et en douceur sans cesse réitérées. Chaque nuit est une nouvelle naissance à lui-même, comme s'il rentrait tout entier dans cette inconnue pour en ressortir vierge, plus immaculé qu'un nouveau-né, et pourtant plus intensément homme, comme si cette femme-louve l'enfantait à chacun de leurs ébats, chaque fois qu'elle l'engloutissait au fond de ses viscères béants de voracité.*

*Au fil des semaines et des mois, le souvenir de Mélissa se disloque et s'efface tel un spectre de plus en plus évanescent dans son esprit. Il veut savoir qui est cette déesse qui le bouleverse de la sorte en le fortifiant dans les abîmes caverneux de son être, il veut se mirer dans ses traits, se noyer dans ses yeux, s'assourdir de sa voix, l'aimer au grand jour, être à elle pour toujours.*

*Lorsqu'il s'en ouvre à sa mère, le refus est glacial.*

*« Impossible, mon fils. Vous connaissiez les conditions. Elles ne sont pas plus négociables aujourd'hui qu'hier.*

*— Mère, j'en mourrai ! Je suis le roi ! »*

*Kratéa reste insensible au désarroi de cet homme soudainement redevenu un petit garçon.*

*« Périandre, ne faites pas l'enfant. Oui, vous êtes le roi, et votre charge vous impose de respecter l'honneur de cette femme et d'être à la hauteur de notre destinée. »*

*Ce souverain trop jeune s'écroule sur une méridienne et se recroqueville sur lui-même, incapable de réprimer un flot de sanglots face à l'intransigeance maternelle. Kratéa s'assoit, le prend dans ses bras et le berce doucement. Son ton adopte un tour plus affectueux :*

*« Jeter la lumière sur cette passion dont le secret et l'obscurité ont favorisé l'éclosion la détruirait plus*

*sûrement qu'un coup de poignard. Unissez-vous à Mélissa, dominez-la, comblez-la, et assurez ainsi l'avenir de Corinthe. Mais lorsque la pleine lune brillera dans le ciel, vous emprunterez le passage qu'empruntait jadis votre père pour retrouver dans mes appartements celle qui vous aime trop pour sacrifier aux convenances et à la morale obscène du monde. »*

*Périandre ravale ses larmes et se calme. Sa mère lui caresse les cheveux et lui sourit.*

*« Vous prendrez la bonne décision, mon fils, j'ai confiance en vous. Et maintenant reposez-vous. »*

*Elle se lève et rejoint le seuil de la pièce. Avant de sortir, elle se retourne : son bébé s'est recroquevillé plus étroitement sur lui-même. Sa respiration est régulière, il s'effondrera bientôt dans un sommeil sans rêve.*

*Oui, il prendra la bonne décision, pour elle, pour lui, pour Corinthe.*

*Comment pourrait-il en être autrement, puisqu'il est son fils ?*

Pendant deux années, la mère vit moins son fils qu'à l'accoutumée. Lui et sa femme suivaient ses conseils. Ils profitaient des multiples plaisirs et des réjouissances infinies offerts par leur vie conjugale sans enfant, de la vie tout court. Ils voyageaient beaucoup. Dans chaque pays et ville qu'ils découvraient, le fils se débrouillait toujours pour envoyer à sa mère une carte postale des musées qu'il avait visités, lui décrivant les chefs-d'œuvre de beauté qu'il avait contemplés avec jubilation et émotion. Et même s'il travaillait sans compter ses heures, il trouvait malgré tout le temps de lui donner son avis quand elle le sollicitait sur telle ou telle pièce qu'elle avait chinée. Il la tenait également informée des ventes dont il avait la charge, car elle était désormais commissionnée par certains acheteurs ne pouvant se déplacer en personne ou soucieux de conserver leur anonymat. L'art et l'amour de l'art, cordon ombilical invisible et indéfectible, continuaient de les unir.

La carrière du fils explosait. Son œil, son expertise et son savoir-faire l'imposaient chaque jour comme l'un des commissaires-priseurs les plus doués de sa génération dans le domaine de la Renaissance. Promu au rang d'associé à part entière au sein de l'office où il avait débuté, il était de plus en plus souvent approché par la concurrence. La dernière proposition en date émanait d'une des trois plus grandes maisons de ventes aux enchères du monde. Il crut que sa mère allait défaillir en l'apprenant :

« C'est incroyable ! Tu commences quand ? »

Elle se voyait déjà en train d'aménager un immense appartement et d'étendre son terrain de chasse. La réponse la réfrigéra.

« Je n'ai pas encore pris ma décision.

— Quoi ? Mais tu es fou, une offre pareille, ça ne se refuse pas ! »

Accepter impliquait de déménager à l'étranger avec sa femme ; et pour elle, de trouver un nouvel emploi et de quitter une existence à laquelle elle tenait énormément.

Des arguments si stupides ulcérèrent la mère qui mit fin à la conversation.

« Elle ne va pas commencer à jouer les mamies et à entraver ton ascension, celle-là. Débrouille-toi pour qu'elle ne pose pas de problème ou c'est moi qui lui parle. »

Le fils était serein quant à sa capacité à triompher. Il avait confiance en ses deux femmes. Sa mère se calmerait dès qu'il lui annoncerait la bonne nouvelle qu'elle exigeait ; son épouse le comprendrait, le soutiendrait et embrasserait sa cause, il n'en doutait pas un instant.

Jusqu'au soir où, alors qu'il tâtait délicatement le terrain, une révélation imprévue le stupéfia autant que ses hésitations avaient courroucé sa mère.

« Je suis enceinte. »

Il s'assit, sans voix.

« Je suis autant surprise que toi, tu sais. En même temps, on se doutait que ça finirait par arriver un jour ou l'autre.

— Oui, mais pas maintenant, pas si tôt ! »

Suite à de longues négociations, ils avaient arrêté de s'atteler à la tâche d'ici un an. Le fils aurait volontiers prolongé leur vie d'amants et d'adolescents pendant deux années supplémentaires, tandis que sa moitié estimait venu le moment d'envisager sérieusement la question. Aussi en étaient-ils arrivés au compromis classique du « on coupe la poire en deux ».

« Comment est-ce possible ? Tu prends encore la pilule ? »

Sa femme se tordait les mains.

« Plus depuis deux mois. »

Il la dévisagea.

« Et tu ne m'as rien dit ?

— Le corps féminin a besoin d'un certain laps de temps pour retrouver un cycle et une fécondité normale après l'arrêt de ce genre de contraceptif. Je la prends depuis mes quinze ans, mon gynéco m'a conseillé de faire ainsi pour être prête quand on s'y mettrait. Je ne t'ai rien dit parce que je ne pensais pas que ça irait si vite. Encore une fois, je suis la première surprise. »

Il restait les yeux dans le vague.

« Ma mère va être tellement déçue ! »

Sa femme n'en crut pas ses oreilles.

« Quoi, je te parle de nous et tu t'inquiètes de ce que va penser ta mère ? J'en ai rien à foutre, moi, qu'elle soit prête ou non à devenir grand-mère ! »

Le fils sourit de la méprise de sa femme.

« Ça t'amuse ? »

Il se leva.

« Calme-toi, tu m'as mal compris.

— Parce qu'il fallait comprendre quoi ? »

Il lui raconta la proposition qu'on lui avait faite. Cette explication n'eut pas l'effet escompté.

« Attends, tu veux dire que tu en as parlé à ta mère *avant* de m'en parler à moi ?

— Évidemment ! Où est le problème ? »

Elle le poignarda du regard.

« Le problème, c'est que je suis la première concernée, moi, ta femme ! Et toi, tu en parles d'abord à ta mère, alors que c'est une décision importante, une décision qu'on doit prendre ensemble parce qu'elle nous engage tous les deux, et à part ça, tu ne vois pas où est le problème ? »

Il éclata de rire.

« D'accord, *mea culpa*, *mea maxima culpa*, j'aurais dû t'en parler en premier, c'est vrai. Comme tu aurais dû me dire que tu ne prenais plus la pilule. »

Elle se renfrogna. Il lui ouvrit grand ses bras.

« Quelle importance désormais ? La question d'accepter ce poste ne se pose plus puisque tu attends un bébé. »

Elle hésita, oscillant sur elle-même entre colère, culpabilité et attendrissement, puis elle se nicha contre lui.

« On ne dit rien à personne. Pas avant trois mois.

— Si tu veux. Pourquoi trois mois ?

— Parce qu'il faut attendre la première échographie pour être sûr que le bébé va bien.

— Même pas à ma mère ? »

Elle se dégagea de son étreinte.

« Surtout pas à ta mère !

— Je plaisante !

— Et moi je suis sérieuse. Elle serait capable d'être encore plus envahissante que pour notre mariage.

— Tu exagères. On était bien contents de l'avoir pour tout organiser. Et puis, reconnais qu'elle a fait des progrès en matière d'envahissement. Mais promis, je ne dirai rien.

— Tu me le jures ? »

Il acquiesça et elle se blottit de nouveau contre lui.

Quelques semaines plus tard, la mère s'installait dans la chambre d'amis. Elle venait assister à une vente de son fils pour l'un de ses clients. Elle entra comme à son habitude, une tornade d'énergie, les bras chargés de nourriture de sa région, une caisse du vin préféré de sa belle-fille, rangeant tout ce qui traînait dans l'appartement.

Elle trouva mauvaise mine à la maîtresse de maison et l'emmena d'autorité se détendre au hammam.

« Tes femmes vont s'amuser ! »

Dans la vapeur des bains, elle nota que sa belle-fille était plus distante que de coutume et qu'elle avait un petit peu grossi. Il faudrait qu'elle fasse plus attention à l'avenir si elle voulait conserver un mari de l'envergure de son fils.

Le soir de son arrivée, elle servit l'une des bouteilles qu'elle avait apportées. Elle fut surprise de voir que sa belle-fille, plutôt franche du coude en pareille circonstance, ne touchait pas son verre.

« Je croyais que tu adorais ce vin », s'étonna-t-elle en les fixant tous les deux.

Son fils ne pouvait contenir un sourire de gamin.

« Il y a quelque chose que j'ignore ou que je devrais savoir ? »

Le fils n'y tint plus.

« On attend un bébé. »

Sa mère ouvrit des yeux ronds comme des cratères, tandis que sa femme le considérait d'un air furibond.

Passé la stupeur de la révélation, la première s'exclama :

« Mais c'est merveilleux ! »

Sa belle-fille ne comprenait plus rien, en proie à des émotions contradictoires. La mère la pressait de questions et l'inondait de conseils : c'est pour quand, est-ce que tout va bien, comptes-tu allaiter, parce que c'est important d'allaiter tu sais, tu sens que ce sera une fille ou un garçon, je suis sûre que ce sera un garçon, à partir d'aujourd'hui tu ne fais plus rien, tu es dépositaire du plus grand trésor de l'humanité, il faut que tu te ménages, je suis tellement contente. Quant au poste que l'on avait proposé à son fils, il lui semblait de la dernière vulgarité en comparaison de la perspective de s'occuper bientôt de son petit-fils car, oui, elle en était convaincue, ils auraient un fils, elle le sentait au plus profond de ses entrailles de mère.

Une fois au lit, la femme ne décolérait pas.

« Tu m'avais pourtant juré de ne rien lui dire !

— Parce que tu crois qu'elle n'aurait pas compris toute seule, alors qu'on voit que ton ventre s'arrondit et que tu ne bois pas une goutte de ton vin préféré ?

— On devait attendre la fin des trois mois, on était d'accord ! Ça porte malheur de le dire avant, à n'importe qui.

— Tu sais bien que je ne crois pas en ce genre de superstitions. Et puis je suis sûr que tout va bien, que le bébé va bien… D'ailleurs, la preuve, tu vas très bien toi aussi. »

Il voulut l'embrasser. Elle se tourna et éteignit sa lampe de chevet. Il la regarda un instant, partagé entre l'embarras et l'agacement, avant de se tourner lui aussi, dos à elle. Il allait se glisser sous les draps quand il se ravisa.

« Petite précision : ma mère n'est pas n'importe qui, c'est ma mère justement et, ne t'en déplaise, je ne lui ai jamais menti, je ne mens pas tout court, elle ne m'a pas élevé de cette manière. Je ne vais pas la changer ni la renier pour te faire plaisir. Maintenant, si ça te dérange, c'est ton problème. »

Il éteignit la lumière à son tour, l'obscurité tomba sur leur silence, et ils en restèrent là.

Pendant les dernières semaines de grossesse, la mère du fils et celle de sa femme s'installèrent à la capitale. La future maman était épuisée au moindre mouvement et son mari travaillait d'arrache-pied pour préparer une vente très importante à l'étranger.

« Tu as déjà raté le poste de ta vie la dernière fois, avait tranché la madone, on va s'occuper de la petite, j'ai tout arrangé. De toute façon, c'est une affaire de femmes et une histoire de mères. »

Elle loua avec sa congénère un appartement pile en face de celui de son fils. De ses fenêtres, elle voyait dans son salon.

Les deux belles-mères se mirent à cocouner avec plus de frénésie que si elles avaient été elles-mêmes enceintes. La mère de la maman en gestation s'occupait des courses, cuisinait en continu petits plats et gâteaux dont le fumet finissait par donner la nausée à sa fille ; la mère du fils prenait en charge les lessives et le ménage, rangeant constamment tout, changeant l'organisation de certains placards et tiroirs pour une meilleure optimisation de l'espace, aggravant les nausées de sa belle-fille par le tournis qu'elle lui donnait ; et les deux passaient leur journée à parler de leur petit-fils – car le messie tant attendu était bien un garçon.

«Je le savais, je l'avais senti, je vous l'ai dit à la seconde où vous m'avez avoué cette merveilleuse nouvelle ! » s'était écriée avec fierté la mère du fils suite aux résultats de la deuxième échographie.

Toutes les conversations gravitaient autour de cette unique et même préoccupation. Les deux femmes rivalisaient d'anecdotes à propos de leurs descendances respectives et s'épanchaient en conseils auprès de celle qui rejoindrait bientôt leur rang. La grande question à laquelle elles revenaient sans cesse concernait l'allaitement. Les matrones parlaient d'une seule voix :

« Ma chérie, il faut absolument que tu nourrisses ton bébé au sein. C'est très important, pas vrai ? »

Elle se tournait vers la mère du mari, qui acquiesçait de son être entier.

« Plus qu'important, c'est vital ! Le lait maternel est le meilleur au monde, le seul qui développe des défenses immunitaires aussi fortes. Regarde mon fils, jamais malade depuis qu'il est né !

— On n'a rien fait de mieux contre les bactéries et les virus.

— Parce qu'il transmet les anticorps de la mère au nourrisson.

— Ça diminue le risque d'obésité en grandissant.

— Permet une vraie intimité avec son bébé.

— On se remet plus vite de l'accouchement.

— Oui, c'est le meilleur des régimes.

— Et c'est gratuit ! »

Les deux futures grands-mères terminaient toujours en circuit fermé à pérorer dans un horripilant monologue commun.

Et quand elles ne se répandaient pas en injonctions déguisées en recommandations, elles sortaient dévaliser les boutiques de vêtements pour habiller le petit prince à venir. La future maman buvait avec un délice proche d'un grand cru ces instants où elles s'absentaient. Elle s'en délectait d'autant plus que, lorsque les grands-mères en puissance revenaient, elle avait droit au déballage minutieux et à l'exhibition détaillée de leurs multiples trouvailles. Son bébé n'était même pas né qu'il était habillé pour toutes les saisons jusqu'à l'adolescence.

Elle n'en pouvait plus. Elle rêvait de siestes et de silence. Un sujet l'exaspérait plus que tous les autres : la transformation de la chambre d'amis en chambre d'enfant. Sur ces matières, les mères ne brillaient pas par leur concorde.

« Je verrais bien ce mur bleu. Le bleu, c'est la couleur des garçons.

— Non, trop vu, trop cliché. Mordoré serait plus original. C'est tout aussi doux et mâle à la fois.

— Ici, il faut mettre une grande armoire.

— Plutôt une commode, et là-bas des rangements sur-mesure, fermés par un rideau en tulle anthracite, plus moderne. »

Sa patience était au bord du gouffre. Mais quand sa belle-mère lui proposa pour doudou la peluche qui avait rempli cette fonction auprès de son fils à elle, ce fut la goutte de nitroglycérine qui atomisa le vase. Elle explosa.

« Vous me faites chier toutes les deux ! Je n'en peux plus d'écouter vos souvenirs de couches, de m'extasier devant vos achats compulsifs... Vous me saoulez avec vos histoires d'allaitement, avec vos armoires, vos commodes, vos peintures... trop machin, trop truc... Merde à la fin ! Foutez-moi la paix ! Je veux du calme, je veux me reposer... Allez, barrez-vous, barrez-vous, je ne veux plus vous voir ! »

Elle les poussait vers la porte. La mère insista.

« Et pour la peluche ? »

— Je m'en branle de ta peluche ! Garde-la, je n'en veux pas. Je ne veux plus la voir, jamais ! Et maintenant dehors, dehors ! »

Les deux grands-mères restèrent un long moment abasourdies sur le palier, puis elles rejoignirent leur appartement. Une fois qu'elles furent rentrées la mère informa son fils de la situation.

« J'arrive. »

Il s'arrêta d'abord chez les deux grands-mères pour avoir plus de détails et jauger de l'ampleur du désastre. Il était lui-même épuisé par la vente qui approchait et les soucis logistiques qui ne cessaient de se multiplier.

Il trouva sa femme profondément endormie sur le canapé du salon. Il s'assit à côté d'elle et lui caressa les cheveux. Elle ouvrit les yeux.

« Bonsoir mon cœur... je suis revenu plus tôt pour être un peu avec toi. »

Dans un geignement plaintif, elle murmura :

« Je n'en peux plus des deux vieilles biques…

— Je sais, je suis passé les voir. Elles vont te laisser tranquille pendant quelques jours. Ça ira mieux demain. »

Elle se leva d'un bond.

« Pas quelques jours, non, non, non, elles repartent chez elles et elles n'en bougent plus ! »

Elle arpentait nerveusement la pièce.

« Je ne veux plus les voir, tu entends ? Je n'en peux plus de les avoir en stéréo vingt-quatre heures sur vingt-quatre !

— Mon cœur, calme-toi, s'il te plaît.

— Me calmer ? Comment tu veux que je me calme, hein ? Tu n'as pas idée de ce que je vis ici toute la journée avec ces deux pies ! Et faut faire comme ci… et faut faire comme ça… et gnagnagna… Ta mère qui fouille en douce dans mes affaires…

— Qu'est-ce que tu racontes ?

— Elles rentrent chez elles, toutes les deux, un point c'est tout !

— Enfin, tu sais bien que c'est impossible. Tu ne peux pas rester toute seule dans ton état et je ne peux pas être tout le temps avec toi à cause de ma vente.

— Ta vente, ta vente, ta vente… il n'y en a que pour ta vente ! Je porte notre enfant, tu te rappelles !

Le fils se leva à son tour, hors de lui.

« Ça suffit ! Tu te calmes, tu entends, tu te calmes !

— Ne me hurle pas dessus !

— Il n'y a pas que toi qui as des journées difficiles. Je me démène comme un chien pour que notre enfant vienne au monde dans les meilleures conditions possible, je gère des emmerdes dont tu n'as même pas idée, du matin au soir, jusque dans mon sommeil. »

Les larmes coulaient malgré elle sur le visage de sa femme.

« Et tu sais quoi ? Je te trouve ingrate, injuste et ingrate. On a une chance inouïe d'avoir nos deux mères ici, uniquement dévouées à ton service. Alors oui, elles sont chiantes, elles sont chiantes parce qu'elles sont contentes, contentes pour toi, pour moi, pour nous, pour elles, et toi, tu leur craches à la gueule ? Franchement, j'ai hâte que tu accouches pour que tu sois moins conne ! »

Elle se rua sur lui et roua son torse de coups. Il bloqua ses mains et l'assit de force sur le canapé où elle s'effondra en sanglots, allongée et racornie sur elle-même. Il contempla longuement le champ de ruines invisible qui les entourait avant de s'asseoir de nouveau sur le bord du canapé. Il posa la main sur l'épaule de sa femme mais elle la repoussa. Il récidiva en l'empêchant de se débattre et en lui parlant d'une voix douce.

« Écoute-moi, s'il te plaît, écoute-moi… »

Elle cessa de lutter.

« Je te demande pardon. Je n'aurais pas dû t'insulter ni te crier dessus. »

Il se tut un instant. Sa femme se tourna vers lui. Il lui passa la main sur le visage.

« On est épuisés, toi et moi. Je vais demander aux deux moulins à paroles de te laisser respirer et de baisser le volume. »

Il soupira.

« Et je te promets qu'après l'accouchement, je les vire *manu militari* ! »

Elle sourit entre deux pleurs.

« Tu veux que je te fasse couler un bain ? »

Elle acquiesça. Il l'embrassa et s'éclipsa dans le couloir.

De l'autre côté de la rue, la mère du fils observait la scène depuis l'embrasure de la fenêtre.

Quelques jours plus tard, la mère passa à l'improviste à l'office de son fils. Vu le contexte, elle avait jugé plus sage de laisser sa belle-fille seule avec sa génitrice.

Elle trouva son chéri le teint pâle et les traits tirés. Pour le requinquer, elle l'emmena déjeuner dans une brasserie à proximité.

Après avoir discuté des difficultés rencontrées par le commissaire-priseur pour sa prochaine vente, elle en vint au véritable sujet de sa visite.

« Elle va mieux ? »

Le fils soupira bruyamment.

« C'est compliqué une femme enceinte…

— C'est ta femme qui est compliquée. »

Il se raidit.

« Tu ne vas pas t'y mettre toi aussi ? »

La mère fit un geste pacificateur de la main.

« Je me suis mal exprimée, ne t'énerve pas : ta femme a une grossesse compliquée. Même si tout se passe bien sur le plan physiologique, pour le bébé, elle est en proie à de sacrées sautes d'humeur, surtout avec moi. »

Le fils se radoucit.

« Franchement, je ne comprends pas pourquoi elle t'a prise en grippe comme ça.

— Moi non plus. Même sa mère n'est pas épargnée.

— Je sais. »

Il s'appuya contre le dossier de sa chaise.

« Elle dit que tu fouilles dans ses affaires.

— Quoi ? C'est n'importe quoi !

— Des choses bougent d'après elle.

— Des choses bougent ? Des envahisseurs ? Des esprits, peut-être ? »

Il la dévisagea.

« Maman… Tu as fouillé ou pas ? »

Elle s'indigna.

« Je passe mon temps à ranger le bordel qu'elle laisse traîner derrière elle pour que tu puisses rentrer le soir dans un endroit accueillant. Je plie ses vêtements, ses chaussettes, ses culottes, ses soutiens-gorge, tout, et ensuite il faut bien que je les range, et quand je les range, je fais et défais des piles et donc, effectivement, "des choses bougent" ! Après, si tu appelles ça "fouiller", alors oui, je fouille… »

Le fils sourit devant la grandiloquence de l'emportement maternel.

« Allez, ça ira mieux après l'accouchement. Encore une dizaine de jours et on n'en parlera plus. »

La mère eut une moue dubitative.

« Tu n'es pas d'accord ?

— Tu oublies le baby-blues. D'autant que si elle boit par-dessus…

— Comment ça, si elle boit par-dessus ?

— Tu as tout de même remarqué que ta femme a un léger problème avec l'alcool ?

— De quoi tu parles encore ?

— Elle aime bien boire.

— Tu dis qu'elle est alcoolique ?

— Est-ce que j'ai dit qu'elle était alcoolique ?

— Tu as dit qu'elle avait un problème avec l'alcool.

— J'ai dit qu'elle n'était pas la dernière quand il s'agissait de boire un petit verre.

— Et alors ? Moi aussi j'aime bien boire un verre de temps en temps. C'est une bonne vivante, rien de plus.

— Ton beau-père aussi était un bon vivant, et pourtant il avait un problème avec l'alcool. »

Le fils croisa les bras.

« Tu n'aimes pas ma femme, en fait. Et elle non plus. En réalité, vous ne pouvez pas vous voir en peinture toutes les deux.

— Absolument pas ! Écoute, je t'avertis, rien de plus. Maintenant, tu es un grand garçon, tu en fais ce que tu en veux. Mais tu ne pourras pas dire que je ne t'ai pas prévenu. »

Les tensions se résorbèrent avec la délivrance. Tous abandonnèrent leurs ressentiments pour s'adonner à la joie de cette naissance. Le parrain et la marraine vinrent présenter leurs hommages au nouveau chef-d'œuvre. Même le père, qui avait déménagé à l'étranger avec une autre femme, s'organisa pour faire coïncider l'un de ses déplacements professionnels avec cet événement et être présent quarante-huit heures à la capitale.

En proie à la jaunisse du nouveau-né, le bébé fut placé dans une couveuse sous une lampe fluorescente avec de petites lunettes occultantes semblables à celles fournies dans les hôtels pour protéger le sommeil de l'éventuelle lumière du jour. La maman profitait de ce répit pour récupérer de l'accouchement et de la fatigue de ces derniers mois en dormant le plus possible.

Un soir, avant la fermeture des services hospitaliers aux visiteurs, la mère et son fils se rendirent auprès de leur descendance commune. La salle, parsemée de petits cubes transparents tel un champ de culture de nourrissons, déployait un décor de science-fiction, dont le silence était uniquement rompu par les bips sporadiques et stridents des appareils de contrôle reliés à chaque incubateur.

« On dirait qu'il fait une séance d'UV, s'émut la mère.

— C'est fou ce que l'être humain est vulnérable en comparaison des autres espèces animales », s'étonna le fils.

La madone acquiesça.

« Parfois, on reste fragile toute sa vie. »

Ils restèrent un long moment sans parler, à contempler ce petit homme, tout violet sous cet éclairage.

La mère prit le bras de son fils.

« Ça te fait quoi ? »

Le regard du fils fureta dans le vide comme si la réponse et la formulation exacte de sa pensée s'étaient dérobées à lui.

« Eh bien, très étrangement, ça ne me fait rien. Je veux dire : je suis heureux, bien sûr, et pourtant je ne me sens pas radicalement chamboulé ou bouleversé. Tu crois que je suis un monstre ? »

Elle leva les yeux au ciel avec un air entendu.

« C'est normal ! Vous, les hommes, vous ne l'avez pas porté pendant neuf mois. C'est moins concret, moins viscéral que pour nous, les femmes. Ça viendra avec le temps, ou jamais !

— C'est rassurant ! »

Ils rirent ensemble.

« Et toi, ça te fait quoi ? »

La mère réfléchit un instant.

« Je crois que je comprends mieux le sens de l'expression “la chair de ma chair”. »

Le fils fronça les sourcils.

« On l'emploie pourtant pour désigner son fils ou sa fille, pas son petit-fils ou sa petite-fille ?

— Justement, je m'interroge. Tout dépend où l'on place les frontières : tu es fait de ma chair, donc tu es ma chair ; ton fils est fait de ta chair, donc il est la chair de ma chair. »

Il approuva le raisonnement.

« Un rien sophistique, mais ça se défend. »

La mère ouvrit son grand sac à main et en sortit une peluche.

« Tu te souviens de Botticelli ? »

Le fils s'exclama en chuchotant :

« Mon doudou !… C'est dingue que tu l'aies gardé !

— Tu sais bien que je ne jette rien, surtout en ce qui te concerne.

— Tu n'es pas antiquaire pour rien ! »

La mère désigna son petit-fils.

« Je voulais le lui donner, mais ta femme ne veut pas. En tout cas, elle n'en voulait pas le jour où elle nous a mises dehors. C'est même ce pauvre Botticelli qui a déclenché la crise. »

Le fils la considéra avec amusement.

« Toi, quand tu as une idée en tête… »

La mère se défendit de toute volonté d'ingérence.

« Tu fais ce que tu veux. »

Le fils contempla son vieux compère qui l'avait accompagné dans tant d'aventures inventées et veillé sur tant de ses rêves pendant son sommeil avec une tendresse nostalgique.

« Garde-le, peut-être qu'elle changera d'avis ?

— Tu as raison. Et puis ça me ferait plaisir qu'il l'ait, comme une passation de pouvoir entre père et fils. Après tout, j'ai mon mot à dire ! »

Il enroula son bras autour des épaules de sa mère et embrassa ses cheveux.

Ils restèrent ainsi, l'un contre l'autre, jusqu'à l'heure où il leur fallut partir.

*Périandre se conforme aux conditions édictées par sa mystérieuse maîtresse et sa mère. Il est trop puissamment ligaturé aux plaisirs prodigués par cette inconnue pour imaginer respirer sans en jouir ne serait-ce qu'un instant. Il en mourrait de l'intérieur, devenant un mort-vivant, l'ombre de son ombre, un spectre parmi les spectres.*

*Pourtant, le bâillon invisible auquel lui, le roi, se retrouve assujetti teinte ses extases d'une affliction lancinante, jusqu'à flétrir l'intensité de ses jouissances, vécues comme la promesse prochaine de l'arrachement et de la séparation. Cet amour qu'on lui offre tout en le lui refusant le met à la torture et ternit son humeur.*

*Kratéa s'en émeut, mais il renvoie ses accès d'asthénie à une fatigue passagère ainsi qu'à une certaine lassitude liée à la monotonie des affaires du royaume. Il sait que trop attiser les inquiétudes de sa mère s'avérerait néfaste ; elle serait capable d'éclipser à jamais les jours de pleine lune de son ciel intime si jamais elle était convaincue d'agir pour son bien.*

*Aussi, pour la première fois de son existence, décide-t-il de ne pas tout partager avec celle qui lui a donné la vie, de feindre une gaieté et une insouciance retrouvées, de lui dissimuler la réalité des tourments qui lui tordent l'âme, de lui mentir sur ses véritables intentions.*

*Car il est secrètement résolu à transgresser cette condamnation à la loi du silence et de l'obscurité dont il fait l'objet. Il a un plan.*

*Cette perspective le galvanise, elle rend crédible le recouvrement de son enjouement et ménage les potentiels soupçons que pourrait nourrir Kratéa à son encontre. Néanmoins, plus l'heure de son affranchissement approche, plus il affiche une euphorie et une excitation dans des manifestations raisonnablement déraisonnables afin qu'elles n'apparaissent pas suspectes à la redoutable intuition de sa mère.*

*Le soir venu, il sacrifie à la lettre du rituel désormais institué. Il s'allonge sur la couche maternelle et joue le chavirement dans le demi-sommeil. Sous ses paupières closes, il discerne les moindres variations de la densité de l'air, perçoit la présence d'Euryphon, camouflé derrière les jalousies de la terrasse, ressent presque chacune de ses respirations et chacune des pulsations de la flamme qui ondoie dans la lanterne recouverte d'un drap noir que le militaire garde à ses pieds.*

*Soudain, une ombre plus obscure que les autres fend l'atmosphère. Tout se fige. La brise s'immisçant par les fenêtres ouvertes répand par fragments les fragrances de ce parfum qu'il connaît dans ses plus infimes nuances et qui évoque à lui seul le goût de cette peau, le soyeux de cette bouche, la moiteur obsédante de ce sexe destiné à l'engloutir.*

*Elle reste immobile dans un coin de la chambre, comme hésitante, aux aguets d'un danger qu'il espère impalpable. Le temps est suspendu. La nuit retient son souffle. Même la ville au-dehors semble pétrifiée dans cette attente et cette apesanteur insoutenables.*

*Puis le chuintement étouffé des étoffes glissant sur le sol retentit. Le lit frémit. Elle serpente jusqu'à son entrejambe, avale sa queue déjà gorgée de sang. Il gémit. Son esprit se dérobe, dévoré par les ténèbres de volupté qui désarmeraient la volonté la mieux affermie.*

*Lorsqu'elle s'empale sur sa virilité douloureuse, il franchit l'interdit de la parole et de la lumière du langage :*

*« Je veux savoir qui vous êtes. »*

*Les mots sonnent le signal. Euryphon fait irruption dans la pièce, lanterne à la main, éclairant le lieu de sa clarté tremblotante. La créature nocturne se retire précipitamment et rampe se terrer dans l'une des rares taches sombres cisaillées dans l'espace noir par les irradiations de la bougie.*

*Ému par cette posture d'animal traqué et apeuré, Périandre marche vers elle à pas lents dans une attitude bienveillante.*

*« N'ayez pas peur, je veux simplement connaître la femme qui règne sur mon cœur. Je sais que vous êtes mariée, mais je vous aime, je suis le roi, je peux faire de vous ma reine pour l'éternité. Relevez-vous, de grâce, relevez-vous et laissez la vérité nous unir enfin. »*

*L'inconnue pousse un gémissement plaintif et se racornit plus fortement sur elle-même. D'un signe, le souverain ordonne à Euryphon de la relever. Le maître d'armes exécute sa volonté et la tient à la merci de son seigneur.*

*Périandre n'est plus qu'à quelques centimètres d'elle. Il tend une main frissonnante vers le voile barrant le visage de celle qui l'a rendu esclave de ses charmes. Elle détourne la tête, ferme les yeux dans un mouvement de refus désespéré. Périandre suspend son geste, sourit avec attendrissement, avance de nouveau sa main et écarte lentement l'étoffe.*

*Il reste un instant stupéfait, comme statufié sur place. Ses lèvres se mettent à grelotter, son regard s'embue de larmes.*

*« Mère ? »*

*Elle ose lui faire face. Périandre recule, le corps vacillant, en proie à des tremblements convulsifs. Tout ce qu'il est se désagrège et s'effondre sur lui-même. Dans ce chaos qui l'emporte, une rage sourde, infernale, une colère proche de la démence monte du plus profond de son intégrité ravagée et de son intimité saccagée.*

*« Mon fils, laissez-moi vous…*

*— Silence ! »*

*Dans le prolongement de son rugissement déchiré, Périandre fracasse une carafe et, écumant de haine, presse le goulot brisé sur la gorge de sa mère. Euryphon saisit son bras et le retient.*

*Kratéa fond en sanglots. Périandre la toise, le souffle court, avant de se reculer et de lâcher son arme.*

*« La mort serait un châtiment trop doux pour l'être abject et contre-nature que vous êtes. »*

*Il se tourne vers Euryphon.*

*« Conduis cette fange de l'humanité aux confins de la péninsule et que jamais elle ne se représente devant moi. »*

*Le soldat saisit Kratéa de force, la traîne sur le sol, emportant avec lui ses cris stridents où résonne la mort, des cris qui ricochent sur les murs du palais et que Périandre, les paumes écrasant ses oreilles, étrangle sous ses propres hurlements.*

L'enfant tombait sans arrêt malade. À distance, la mère s'inquiétait et proposait son aide.

« Tu veux que je vienne ?

— Non, il fait juste ses défenses immunitaires. Le temps que tu arrives, il sera guéri et tu te seras déplacée pour rien.

— Je ne me déplace jamais pour rien quand il s'agit de voir mes fils. Je suis toujours là pour mes petits. »

En son for intérieur, elle maudissait sa belle-fille, sa bêtise et son inconséquence crasses. Elle n'avait pas voulu allaiter ? Le résultat était là, implacable : son petit chéri attrapait toutes les infections qui traînaient dans l'air ; et Dieu sait que, à la capitale, microbes, bactéries et virus s'en donnaient à cœur vorace vu la densité de population. Quelle idée, aussi, d'élever un gamin dans ces conditions ? Elle aurait très bien pu le prendre chez elle, il aurait été scolarisé dans l'école où avait étudié son père, élevé au grand air de la campagne et de la côte, ses parents seraient venus lui rendre visite certains week-ends et l'auraient pris pour les vacances scolaires. Mais pourquoi diable avoir refusé de le nourrir au sein ? Comment pouvait-on ne pas désirer ardemment cette intimité privilégiée avec son bébé, à moins de ne pas être une mère digne de ce nom ? Comment pouvait-on ne pas vouloir transmettre la meilleure immunité du monde au fruit de ses entrailles, à moins de ne pas être une mère digne de ce nom ? Comment pouvait-on se dérober à un devoir si impérieux et si ancestral, à moins de ne pas être une mère digne de ce nom ? Ou à moins d'être folle. Oui, sa belle-fille était peut-être folle.

En outre, d'après ce que lui disait son fils, sa déprime postnatale se prolongeait bien au-delà de la durée légale habituelle et autorisée. Là aussi, elle se faisait du souci pour sa couvée.

« C'est un peu long son baby-blues, non ?

— Il faut que je trouve un moyen pour être plus présent et l'épauler davantage avec le petit.

— Tu as déjà suffisamment à faire. Et puis, sans toi, tout s'écroule. Il faut surtout qu'elle se bouge et qu'elle se reprenne en main.

— Ça ira mieux quand elle retournera travailler. D'ailleurs, elle a hâte de recommencer. »

La mère était éberluée par tant de sottise. Sa belle-fille avait hâte de retrouver son activité professionnelle ? Comment pouvait-on se réjouir à l'idée d'abandonner la chair de sa chair pour se consacrer à des tâches aussi inintéressantes et insignifiantes que les siennes ? Comment pouvait-on renoncer avec bonheur au plus beau métier du monde, à moins de ne pas être une mère digne de ce nom ? Ou à moins d'être folle. Oui, cette fille était folle.

« Et qui va s'occuper de mon chéri ?

— Il va aller à la crèche. On a eu une place grâce à un désistement.

— Mon chéri, je préfère arrêter là notre conversation, je n'ai pas envie de t'accabler en étant désobligeante envers ta femme. »

Les bras lui en tombaient. À la crèche ? Ils allaient mettre son petit à la crèche ? Quel insecte transgénique les avait donc piqués pour prendre une décision aussi néfaste et absurde ? Se droguaient-ils ? Avaient-ils bu ? Sa belle-fille, certainement, mais son fils ? N'avait-il rien retenu de la manière dont elle s'était sacrifiée pour lui, un sacrifice naturel que toute mère digne de ce nom embrasse avec une abnégation joyeuse ? Comment pouvait-il tolérer un tel crime sous son propre toit ? Comment pouvait-il condamner son enfant à la contamination généralisée puisque, précisément, sa mère avait miné ses défenses immunitaires en refusant de l'allaiter ? Et elle, comment pouvait-elle ne pas se morfondre de honte et de culpabilité à cette perspective, à moins de ne pas être une mère digne de ce nom ? Ou à moins d'être folle. Oui, cette bécasse était tout bonnement folle.

« Tu sais, je me demande parfois si elle était réellement prête à être mère.

— Tu exagères. Je croyais que c'était toi qui n'étais pas prête à devenir grand-mère ?

— Je l'ai toujours été !

— Maman, arrête. Ce n'est pas ce que tu nous as dit lorsqu'on t'a annoncé la nouvelle.

— Absolument pas. Rappelle-toi, j'étais aux anges !

— Bon, j'ai du boulot, il va falloir que je te laisse. »

Quant à la question de la vie de couple de son fils et de sa belle-fille, elle subodorait le pire.

« Et vous deux, ça va ?

— Ça va, on se croise plus qu'on ne se voit. Et quand on se retrouve le soir, on est épuisés. Comme des parents qui travaillent avec un enfant en bas âge. Rien de très original.

— Ta femme a récupéré sa ligne maintenant qu'elle a repris une vie normale ?

— Pas tout à fait, malgré ses efforts. Elle va finir par y arriver, il lui faut encore un peu de temps, c'est tout. »

Du temps ? Il fallait encore du temps à cette idiote pour se décider à maigrir ? Il lui fallait encore du temps pour se décider à redevenir femme et désirable ? Comment pouvait-elle faire preuve d'aussi peu de volonté en étant mariée à un homme tel que son fils, à moins d'être une mauvaise épouse ? Comment pouvait-elle continuer de se négliger, de négliger son mari, de négliger son enfant en l'envoyant à la crèche après avoir refusé de l'allaiter, à moins d'être une mauvaise mère doublée d'une mauvaise épouse ? Du reste, cette cruche aurait préservé leurs nuits des premiers mois si elle avait nourri son nouveau-né au sein, elle aurait préservé leur sommeil et la bonne humeur conjugale, de sorte qu'ils seraient tous deux moins rincés qu'ils ne l'étaient aujourd'hui. Et enfin, cette dinde aurait déjà retrouvé sa ligne si elle avait allaité son bébé, et depuis longtemps.

Oui, cette folle était définitivement folle. Ses petits étaient en danger.

Mais elle ne laisserait pas faire.

La mère revint plus régulièrement à la capitale pour voir son petit.

Elle logeait dans un hôtel du quartier suffisamment éloigné afin de ne pas se retrouver taxée d'envahissement germanique et, pour ne pas non plus froisser sa belle-fille, elle adoptait en sa présence une attitude plus sobre que d'ordinaire. Elle se retenait d'arriver avec des valises de cadeaux ; elle évitait sauces et condiments pour agrémenter les plats de son chéri ; elle circonscrivait sucre et gâteaux aux limites autorisées ; elle prohibait glaces et bonbons conformément au diktat maternel. Mais lorsqu'elle était seule avec lui dans la journée, elle desserrait drastiquement l'étau des contraintes et foulait aux pieds tous les interdits. Sucre, gâteaux, glaces et bonbons dansaient la carmagnole avant, pendant et entre les repas ; les frites croulaient sous une marée rouge de ketchup et un torrent de mayonnaise ; les magasins de jouets étaient dépecés, le précieux butin entreposé dans la chambre occupée par la mère durant son séjour et rapatrié en lieu sûr dans sa maison, où son petit chéri aurait tout le loisir d'en jouir lors de ses visites. Et ils n'en parlaient à personne. C'étaient leurs secrets.

Elle en profitait également pour prendre son fils entre quatre yeux et lui remonter les bretelles. La situation continuait en effet de se dégrader sous son toit. Bien que sa femme ait repris son travail, son humeur peinait autant à se désengluer d'une certaine mélancolie que son corps à se départir des dix kilos qui la défiguraient. Dès qu'elle rentrait de son bureau, généralement éreintée par la vacuité de son activité diurne, elle quittait ses vêtements pour enfiler mules et pyjama. Quand le fils franchissait à son tour le seuil de leur foyer, il n'était pas rare qu'il la trouve dans le canapé en train de regarder la télévision, une bouteille de vin ouverte et déjà bien entamée, tandis que leur enfant jouait seul sur le tapis du salon. Pourtant, il multipliait les efforts, espérant qu'ils seraient perçus comme des invitations à réenchanter le monde devenu morose de leur quotidien. Il acceptait moins de ventes à l'étranger ; il quittait son office à une heure raisonnable pour favoriser les soirées en famille ; il s'évertuait à dîner en costume pour imprimer de l'esthétique dans l'atmosphère et pimenter l'air d'un parfum de séduction ; il avait soulagé son épouse de toute intendance par l'embauche d'une nounou qui s'occupait de leur petit après l'école, prenait en charge ménage et repassage, préparait les repas à l'avance pour qu'ils n'aient plus qu'à les réchauffer. Sans résultat notable.

« Mais qu'est-ce que tu veux que je fasse de plus ? »

La mère ne se laissa attendrir ni par l'exaspération de son fils ni par sa fatigue manifeste.

« C'est toi l'homme et le père dans cette maison. C'est à toi de réagir et d'agir en conséquence. »

Le fils soupira.

« Franchement, je ne sais plus quoi ni comment faire.

— Fais preuve d'imagination.

— Mon imagination est au point mort.

— Alors fais ce que tout le monde fait : prends ta nounou en extra le soir et sors plus souvent dîner dehors avec ta femme, offre-lui des fleurs, des bijoux, des vêtements, des sous-vêtements, ce que tu veux, emmène-la en week-end, au hammam. Et surtout, surtout, baise-la comme une pute. »

Le fils resta coi, surpris par la soudaine crudité de sa mère.

« Oui, il faut baiser les femmes comme des putes et les traiter comme des reines. La majorité des hommes font l'inverse, d'où la plupart des échecs et des drames conjugaux. »

La mère s'inquiéta du peu d'enthousiasme de son fils face à la perspective de toutes ces réjouissances qui s'offraient pourtant à lui.

« Rassure-moi, vous avez toujours une vie sexuelle ? »

Le fils sourit avec une ironie sinistre.

« Une fois toutes les années bissextiles. Et encore.

— Alors c'est la première chose à faire. En plus, il n'y a pas mieux pour brûler des calories, ce sera bon pour son poids. Ah, au fait, j'allais oublier : ta marraine t'embrasse. »

Le remède s'avéra pire que le mal. Les dîners en amoureux se révélèrent fastidieux, égrenés de conversations plates relatives aux collègues de sa femme, à l'approche de la dernière année de maternelle de leur garçon, au lave-linge qu'il faudrait bientôt changer et autres sujets exaltants ; les week-ends romantiques se moulèrent dans cette même veine légère et festive ; les fleurs offertes séchaient désespérément dans leur vase avant de rejoindre la poubelle ; bijoux, vêtements et sous-vêtements conservaient leurs étiquettes au fond des tiroirs quand ils ne restaient pas dans leurs emballages ; et le sexe se racornissait en un coït rapide lorsqu'il ne tournait pas court par manque de désir partagé ou, pire, par défaillance érectile.

« Mon médecin va t'arranger ça, décréta la mère. Il va me faire une ordonnance pour des petites pilules adéquates et je te les enverrai sous un pli discret. »

Si cette béquille chimique réglait le problème mécanique, elle échouait à embraser leurs ébats.

Alors, le fils capitula. Il se réfugia dans les beautés de ses expertises et s'abîma dans des existences parallèles. Au début, ces nouveaux corps, ces nouvelles peaux, jeunes et fermes, lui redonnèrent l'illusion de la vigueur. Il se crut habité d'un souffle dont l'énergie aurait déteint sur son couple et sa famille, jusqu'à ce que la multiplication des liaisons finisse par dévoiler la banalité répétitive des chambres d'hôtel, des gémissements et des accouplements adultérins.

Il étendit son terrain de chasse aux femmes de son âge, mariées et ayant de préférence déjà des enfants, soucieux d'éviter le piège de la grossesse inopinée, espérant retrouver un degré de vice suffisant pour supporter le reste, mais là encore, les frissons et les tremblements échouèrent dans une routine presque pire que son train-train familial dans lequel sa femme s'enfonçait de plus en plus profondément depuis qu'elle avait perdu son travail.

Au bord de l'étouffement dans le carcan de ses mensonges, il prétexta une vente à l'étranger et s'enfuit se ressourcer quelques jours dans le terreau maternel. Si les marches en bord de mer, les joues lacérées par la pluie et les embruns, lui fouettèrent le sang, elles ne dissipèrent pas les dépressions bouchant son horizon de décision.

« Qu'est-ce que tu vas faire ? lui demanda la mère.

— Je ne sais pas, je ne sais plus. »

Ils étaient assis dans la cuisine.

« Tu as pensé au divorce ? »

À l'évocation de cette possibilité, le fils vit le visage de son père.

« Je n'arrive pas à m'y résoudre. J'ai cette impression désagréable de ne pas avoir tout essayé pour arranger les choses… En tout cas, si la solution existe, je ne l'ai pas trouvée. »

La mère prit la main de son fils.

« Je peux t'aider ?

— Tu l'as déjà tellement fait. En t'occupant du petit chez nous ou en le prenant chez toi quand on partait pour nos merveilleux week-ends de galipettes.

— Ça ne me dérange pas, tu sais, de garder mon chéri.

— Je sais. »

Le fils resta quelques instants silencieux.

« Mais même après, ça virait toujours au drame. Elle était persuadée que tu avais gavé le petit de bonbons et de ketchup. Quand tu venais à la maison, elle était convaincue que tu avais fouillé dans ses affaires car “des choses” avaient bougé… Parfois, je me demande si elle n’est pas en train devenir folle.

— Je crois que ta femme est bêtement dépressive et alcoolique, ou alcoolique et dépressive, je ne sais pas dans quel ordre de causalité ces deux problèmes s’imbriquent.

— Au bout du compte, l’enfer est le même. »

La mère serra la main de son fils et se leva.

« Profite de ton temps ici pour penser à autre chose et t’oxygéner la tête. Tiens, va dîner avec ta marraine ? Je crois que ses enfants sont chez leur père cette semaine. »

Le fils approuva sans grande conviction. Elle l’embrassa.

« Détends-toi un peu, je suis sûre que tu prendras la bonne décision. Et pour la suite, tu sais que j’ai un bon avocat si besoin. »

La liaison avec sa marraine permettait au fils de se sentir vivant et de tenir. Mieux : elle lui redonnait gaieté et vitalité. Avec sa femme au chômage, il n'eut aucun mal à mettre en avant un surplus de travail pour s'absenter plusieurs jours d'affilée de la prison conjugale. Il multipliait les expertises loin de la capitale et les voyages pour des ventes à l'étranger, réels ou mensongers, retrouvant son amante lors de ses déplacements ou la rejoignant dans un hôtel de sa ville natale. À chacune de leurs retrouvailles, il rajeunissait, renouant avec sa splendeur et sa vigueur passées, galvanisé par la puissance archaïque des plaisirs et des jouissances que cette femme et lui se procuraient dans une fièvre décuplée. Plus besoin de convoquer mentalement des images pornographiques ou de prendre des pilules pour obtenir une érection digne de son adolescence, il lui suffisait de l'apercevoir sur un quai de gare, de la voir venir vers lui dans un couloir, de l'admirer à son insu au sortir de la douche ou de respirer l'empreinte de son parfum dans l'air après son départ pour éprouver en lui un désir sourd et primitif. À la différence de ses précédentes maîtresses, qui jetaient sur son quotidien le voile illusoire du soutenable, sa marraine en révélait le caractère insoluble et insupportable.

Cette double vie aurait sans doute continué de s'inscrire dans le temps et l'espace si, l'une des rares fois où elle eut l'excentricité de lancer elle-même une machine de linge, sa femme n'était pas tombée sur une note d'hôtel de son mari dont l'adresse se situait dans sa ville natale et dont les dates de séjour correspondaient à une semaine où il était censé diriger une vente dans un pays voisin.

Lorsque le fils rentra chez lui ce soir-là, à une heure tardive, rien ne laissait présager du désastre qui l'attendait. Il trouva sa femme affalée et endormie dans le canapé, la télévision allumée sur une émission de variétés indigente, une bouteille de vin vide et une autre à moitié entamée sur la table basse, leur enfant en train de jouer sur le tapis du salon. Il referma doucement la porte pour ne pas réveiller la soûlarde, rejoignit à pas de loup leur petit garçon et lui chuchota que le moment de rejoindre les bras de Morphée était plus que venu. Il le prit dans ses bras et, tandis qu'il l'emmenait dans sa chambre, sa femme émergea péniblement de sa cuvée en marmonnant :

« C'est quoi ce bordel… »

Il rebroussa chemin.

« Ce n'est rien, mon cœur, c'est moi. Je vais coucher le petit et je reviens m'occuper de toi, d'accord ? »

Elle grommela un borborygme de mots incompréhensible qu'il prit pour une approbation et il borda le jeune noctambule.

À son retour, sa femme s'était assise et finissait de remplir son verre.

« Tu ne veux pas plutôt venir au lit toi aussi ?

— T'étais où ?

— À l'office. Où voulais-tu que je sois ? »

Elle vida son verre d'un trait.

« T'étais pas avec *elle* ? Tu me trompes avec une ou plusieurs femmes d'ailleurs ?

— Tu es sûre que tu n'as pas un peu trop bu ? »

Elle ricana et se resservit.

« C'est ça, prends-moi pour une buse... »

Il vint face à elle.

« Bon, viens dormir, ça ira mieux demain. »

Il lui tendit la main mais elle cracha sur sa paume.

« C'est qui ?

— Je ne sais pas de quoi tu parles. »

Elle se leva.

« La salope que t'as baisée quand t'es parti en cachette chez ta mère ?

— Je crois que tu nages en plein délire, ma pauvre !

— C'est ça, continue de me prendre pour une truffe... »

Elle alla fouiller dans son sac pendu au portemanteau et jeta un papier sur le sol en hurlant :

« Et ça, c'est mon cul sur la commode ? »

Il désigna la chambre de leur enfant.

« Ne crie pas, il cherche son sommeil !

— J'en ai rien foutre ! Il a le droit de savoir que son père est un connard et un menteur ! »

Il ramassa le papier. À la vue de l'une des notes de l'hôtel qui avait abrité certaines de ses nuits avec sa marraine, il se figea.

« Oui, bon, je suis allé voir ma mère quelques jours, il n'y a pas de quoi en faire un drame. »

Elle redescendit de plusieurs tons.

« Je croyais que tu avais encore l'une de tes ventes tellement importantes dans je ne sais plus quel pays ? »

Il s'agaça.

« J'avais besoin de respirer, ça peut se comprendre vu l'ambiance merveilleuse qui règne dans cette baraque, non ? Et vu comment tu portes ma mère dans ton cœur, eh bien oui, je t'ai menti. Fin de l'histoire. »

Elle but une gorgée et le toisa avec dédain.

« Et tu es descendu à l'hôtel ? Tu vas voir ta mère et, toi, tu couches à l'hôtel ? Avec qui ?

— Il y avait un dégât des eaux dans ma chambre. Il a été réparé depuis, si jamais ça t'intéresse. »

Elle se remit à hurler.

« Arrête de me prendre pour une conne ! Avec qui ? »

Des pleurs retentirent dans la chambre de leur enfant. Il fit un pas pour y aller, puis se ravisa.

« Très bien, tu veux la vérité ? Toute la vérité ? »

Elle but encore une gorgée.

« Vas-y, accouche ! »

Il prit une grande inspiration.

« J'étais avec une femme. Voilà, tu es contente ? »

Elle s'approcha de lui.

« Et tu as réussi à la baiser, hein, avec ta queue qui n'arrive plus à bander ? »

Il la regarda avec mépris.

« Tu es vulgaire.

— Parce que tu l'es pas, toi, peut-être ? Je la connais, c'était qui ?

— Non, tu ne la connais pas ?

— Alors dis-moi son nom ! »

Il soupira.

« Ça suffit, j'en ai assez. »

Elle se mit à marteler qu'elle voulait son nom d'une manière compulsive et hystérique, un pivert s'acharnant de la pointe aiguë de son bec, une vrille perçant le cerveau à chaque parole répétée, jusqu'à ce qu'il hurle :

« Ma marraine ! »

Elle cessa instantanément. Les pleurs s'étaient tus. Un silence sépulcral plombait l'appartement.

« J'étais avec ma marraine. »

Elle le dévisageait, la bouche entrouverte, titubant sur place, quand elle hoqueta d'un rire mauvais qui l'envahit jusqu'aux éclats.

« J'y crois pas...

— C'est la vérité, pourtant.

— Sans déconner... non mais... vous êtes de vrais dégénérés chez toi !... »

Il se retenait d'exploser.

« Bon, on s'est tout dit. On va divorcer proprement et on n'en parle plus. »

Elle était hilare.

« Attends, attends… T'as vraiment baisé ta marraine ? »

Il prit sur lui pour ne pas s'énerver de nouveau.

« Si tu veux tout savoir, on avait déjà été amants, quand j'étais plus jeune. C'était bien avant qu'on se connaisse, toi et moi.

— Et ta mère était au courant ? Je veux dire, à l'époque ? »

Il ne répondit pas.

« Bien sûr qu'elle était au courant, comme aujourd'hui d'ailleurs… Pas de secret pour la petite "môman" à son chéri, pas vrai ?

— Laisse ma mère en dehors de ça. »

Elle le fixa avec dégoût.

« Dire que j'ai fait un gosse avec un taré comme toi ! Tu me dégoûtes… »

Il explosa.

« Parce que tu crois que tu vaux mieux ? Parce que tu crois que je suis heureux d'aller voir ailleurs et de me réfugier dans mon travail pour me protéger de ce que tu nous infliges ? Tu ne vois pas que je n'en peux plus de tout ça, que je suis à bout ? Non mais regarde-toi, une mère indigne, alcoolique, grasse et imbaisable ! »

Elle finit son verre et attrapa la bouteille pour se resservir.

« En attendant, j'ai jamais baisé mon père par procuration, moi. Alors que toi, ta mère… Putain, ta mère, quoi ! »

Il s'avança vers elle.

« Donne-moi cette bouteille.

— Non !!! »

Elle eut beau se débattre, il réussit à s'en emparer. Il fondit dans la cuisine et la vida dans l'évier. Elle se rua sur lui et le martela de coups.

« Salaud ! »

Il la repoussa.

« Tu te calmes, tu m'entends ? Tu te calmes ! »

Elle sanglotait.

« J'aurai la garde du petit…

— Une poivrote dépressive comme toi ? Laisse-moi rire ! »

Les larmes montaient plus fort.

« Connard…

— Moi vivant, jamais tu n'auras la garde. »

Elle vociféra en se tenant le ventre, une plainte déchirante.

« Connard ! »

Elle gémit un long moment quand, soudain, elle ouvrit un tiroir et en sortit un couteau. D'instinct, il se jeta sur elle et la gifla. Elle partit en arrière, lâcha l'arme et s'écroula par terre. Elle se recroquevilla sur elle-même, geignant et pleurant comme un animal à l'agonie.

Il ramassa le couteau. En redressant la tête, il vit son fils debout dans l'embrasure de la porte de sa chambre, le doudou qui avait été le sien serré contre lui.

Prévenue pendant la nuit, la mère sauta dans le premier train pour la capitale. Son fils avait été emmené par la police et sa belle-fille conduite à l'hôpital.

En arrivant au commissariat, son petit-fils qui attendait sagement entre deux agents se précipita vers elle. Son autre chéri était encore entendu par des officiers sur les événements survenus la veille.

Après de longues heures d'attente, il sortit du bureau où il était retenu. Il avait le teint pâle et les traits tirés. Un policier en civil l'accompagnait.

« Vous serez convoqué une fois que nous aurons pu prendre la déposition de votre épouse. D'ici là, je vous demanderai de ne pas quitter la ville. »

Il récupéra ses papiers. Il restait debout dans le couloir, immobile et le regard perdu dans les fissures du sol, quand il aperçut sa mère et son petit garçon. La mère se leva, le rejoignit et l'enlaça. Lorsqu'ils cessèrent leur étreinte, le fils s'accroupit et ouvrit les bras en direction de son enfant, mais celui-ci fit un pas en arrière en serrant son doudou contre lui.

Le front crevassé de tristesse, il se redressa. Sa mère lui caressa le dos.

« Laisse-lui un peu temps. Ça n'a pas dû être facile pour lui. »

Il demeurait muet. Sa mère croisa les bras.

« Et maintenant ? »

Il se passa la main sur le visage comme si ce geste allait dissiper sa confusion et mettre de l'ordre dans ses pensées.

« Il faut que j'aille à l'hôpital.

— Tu ne veux pas souffler un peu avant ? »

Il hocha négativement la tête.

« Je veux savoir ce qu'il en est et ce que disent les médecins. »

La mère adressa un sourire rassurant à son petit-fils qui les observait.

« Je vais le ramener à la maison. »

Le fils approuva et partit.

Sa femme avait été placée dans le département psychiatrique. Elle avait reçu une forte dose de sédatif et dormait quand il arriva.

« Elle a besoin de repos pour l'instant, lui dit le chef de service. D'ici quelques jours, lorsqu'elle aura récupéré, nous pourrons l'examiner.

— Vous pensez que ça va prendre longtemps ?

— Tout dépend d'elle. Nous vous préviendrons dès qu'elle sera en état de vous voir. »

Il le remercia et rentra chez lui. Sa mère était en train de ranger l'appartement. Son garçon jouait dans sa chambre avec la nounou.

« Tu veux un café ? »

Il s'assit.

« Je veux bien, merci. »

La mère le servit et prit place en face de lui.

« Alors ?

— Ils lui ont donné des tranquillisants. Elle dort et doit récupérer avant de voir un psychiatre. »

La mère ne commenta pas. Le fils désigna la chambre de son petit.

« Et lui ?

— Ça va. Je lui ai expliqué que tout cela n'était qu'un mauvais rêve, que son père faisait tout ce qu'il pouvait pour aider sa maman et que tout allait s'arranger. »

Le fils apprécia.

« Qu'est-ce qu'il s'est passé ? Tu me racontes ? »

Lentement, à mi-voix, il lui fit le récit circonstancié des événements qui s'étaient déroulés sous son toit. La mère l'écouta jusqu'à la fin sans interrompre ni sa narration ni ses silences.

« Pourquoi tu ne m'as pas dit que la situation était si dramatique ? »

Pour toute réponse, le fils haussa les épaules. Elle n'insista pas.

« Que comptes-tu faire ?

— Je ne sais pas. Tout dépend de ce que vont dire les médecins.

— J'ai prévenu ses parents, ils seront là dans la journée.

— Tu as bien fait. »

Il bâilla. La mère se leva.

« Je vais emmener mon petit au parc avec la nounou pour que tu puisses te reposer. »

Il se contenta d'acquiescer de la tête, les yeux dans le vide. La mère débarrassa sa tasse et il s'éclipsa dans sa chambre où il dormit jusqu'au lendemain.

Les mois suivants, la mère s'installa chez son fils pour l'épauler et le soulager du quotidien.

La femme se remettait difficilement. Malgré les calmants et les neuroleptiques, elle était en proie à de violentes crises de nerfs et tenait des propos incohérents. Personne du monde extérieur n'était encore autorisé à la voir.

Le fils fut convoqué et auditionné à plusieurs reprises par les policiers en charge de l'enquête. Il en ressortit blanchi de tout soupçon de violences conjugales.

Vint le jour où il put rendre visite à sa femme. Elle l'attendait dans les jardins de l'hôpital, assise dans un fauteuil roulant poussé par un infirmier. Une fois seul à seul, ses tentatives pour lui parler ou établir un contact avec elle se heurtèrent au mur de son mutisme. Elle se balançait légèrement d'avant en arrière, un demi-sourire indéchiffrable aux lèvres, le regard noyé dans le vague de ses tourments intérieurs. Les parents de son épouse n'obtinrent pas plus de réaction que lui. Les médecins n'étaient ni optimistes ni pessimistes.

« Elle est dans un état de dépression avancée. On ne peut pas dire combien de temps cela va durer. Des semaines, des mois ou des années. Ce qui est certain, c'est qu'elle a besoin de surveillance et de soins au long cours, car elle pourrait s'avérer dangereuse pour les autres et pour elle-même. Afin de mettre en place le protocole que nous envisageons, il nous faudra votre accord. Prenez le temps de la réflexion et de discuter entre vous. Je sais que c'est une décision difficile. Je reste évidemment à votre entière disposition pour toutes les questions que vous pourriez avoir concernant son traitement. »

Le soir, sa mère entendit son fils pleurer dans la salle de bains. Elle entra et le trouva recroquevillé dans l'eau, les bras enroulés autour de ses genoux ramenés sous son menton. Elle s'assit sur le rebord de la baignoire et posa sa main sur les siennes.

« Je suis là. »

Le fils enserra ses doigts dans ceux de sa mère.

« J'ai eu une longue conversation avec ses parents, et on a peut-être une solution. »

Il leva les yeux vers elle et l'invita à poursuivre.

« Le plus urgent, c'est de préserver notre petit garçon. On s'est dit qu'il pourrait venir vivre chez moi. Il ira dans l'école où tu étais enfant, ses autres grands-parents pourront facilement le prendre pour des week-ends et pendant des vacances scolaires puisqu'ils n'habitent qu'à une centaine de kilomètres. Bien sûr, tu seras prioritaire pour le voir ou l'emmener quand tu voudras, quand tu seras prêt. Cela durera ce que ça durera, mais on pense que ce sera mieux pour lui de se retrouver dans un environnement familial stable. Ce sera mieux pour toi aussi, ça te laissera le temps de te reconstruire pour t'occuper ensuite de lui. »

Le fils grelottait.

« Tu as froid. Redresse-toi, je vais te laver. Après, tu dormiras comme un bébé. »

Le fils obtempéra et sa mère le coucha.

« Tout va s'arranger, ne t'inquiète pas, je suis là. Je serai toujours là pour mes petits. »

Elle l'embrassa.

« Je m'occuperai bien de notre garçon, tu verras. »

Elle éteignit la lumière, sortit et ferma la porte, laissant l'obscurité et le silence avaler son fils.

La mère installa son nouveau fils comme un roi. Elle réagença l'étage où vivait autrefois son père afin qu'il prenne pleinement sa place. Elle mélangea les jouets de ses deux enfants, changea les photos affichées aux murs afin que l'actuel homme de la maison se retrouve représenté et magnifié. Celles qu'elle aimait et où apparaissait son ex-belle-fille, la mère les découpa de manière à les recadrer sans sa présence et à préserver ainsi son petit chéri du souvenir douloureux de sa génitrice.

Lorsque le fils déménagea son garçon chez sa mère, il s'étonna de cet équarrissage en règle.

« C'est pour l'aider à oublier un peu toute cette histoire, et il en a besoin, crois-en mon expérience de mère. Et puis, ton ex-femme n'était pas à son avantage, c'est presque un service que je rends à sa mémoire.

— Elle n'est pas morte.

— Elle n'est tellement plus là qu'elle l'est pour moi. Jamais je ne lui pardonnerai ce qu'elle vous a fait.

— Je suis toujours marié.

— Je sais. Mais elle, le sait-elle encore ? »

Il n'argumenta pas, il n'en avait pas la force.

Pendant plus d'une année, il vécut comme à côté de lui-même. Il menait une existence spectrale, s'abîmant sans passion dans son travail la journée et s'abrutissant de somnifères le soir pour éviter de se laisser envahir par la moindre pensée. Au début, il essayait de rendre régulièrement visite à son fils afin de ne pas perdre le lien avec lui et de ne pas devenir ce père absent qu'avait été le sien. Pourtant, s'il voyait à chacune de ses venues son enfant recouvrer une authentique joie de vivre auprès de sa mère, il constatait également avec amertume à quel point la distance et l'éloignement se creusaient entre eux. Alors il vint de moins en moins souvent, effaçant doucement sa présence.

La madone s'alarmait de son état.

« C'est insupportable pour une mère de regarder son fils dépérir sans pouvoir faire quoi que ce soit. Tu ne peux pas continuer comme ça.

— Je sais. Je vais me reprendre en main, ne t'inquiète pas.

— Et si tu changeais de travail ? Quand on a ta carrière, on peut se reconvertir dans plein de voies différentes. Trouve-toi peut-être quelque chose de moins ambitieux. Ce ne sera pas aussi excitant, c'est certain, mais tu auras plus de temps pour essayer de te remettre vraiment sur pied ?

— Je ne sais pas. C'est tout ce qu'il me reste.

— Quoi qu'il arrive, il faut que tu prennes du temps pour toi, peu importe la manière, c'est primordial. Et si tu partais en voyage ?

— C'est une idée, je vais y réfléchir.

— C'est tout réfléchi. Je t'offre un séjour dans la plus belle ville du monde, un pèlerinage sur les traces de l'homme que tu as été. Au milieu de la beauté, tu ne pourras que te ressourcer et redevenir ce que tu es. »

Face à l'obstination maternelle, il céda.

« Bien, je m'occupe de l'hôtel et des billets.

— Merci.

— Si je peux contribuer un tant soit peu à ce que tu ailles mieux, j'aurai accompli mon devoir de mère. Ah, au fait, une bonne nouvelle dans tout ce marasme que tu traînes avec toi : ta marraine se remarie. C'est formidable, non, à son âge ? »

La ville qui l'avait tant ému autrefois ne lui inspira plus rien. Il ne retrouvait ni la fièvre ni l'excitation qui l'avait envahi et habité lorsqu'il y était venu en vacances avec sa mère avant de partir faire ses études à la capitale. Tout lui semblait fade et dénué de sens. Il avait beau couler ses pas dans ceux qu'il avait jadis empruntés, ils se désagrégeaient et s'effritaient sur eux-mêmes, recouverts de leur propre poussière. Il ne se reconnaissait plus dans le souvenir de ce jeune homme qui avait naguère tant vibré face à la beauté des chefs-d'œuvre de l'humanité. Même *Les Esclaves* de Michel-Ange, qui l'avaient bouleversé jusqu'à presque en pleurer, le laissèrent de marbre, exsangue de tout sentiment et de toute émotion esthétique. Pire : ces êtres éternellement inachevés, prisonniers à perpétuité de la glaise matricielle, échouant toujours à s'émanciper de leur dévorante roche-mère, condamnés à ne jamais devenir pleinement eux-mêmes, ces mort-nés lui inspiraient un malaise à la fois diffus et familier, proche du mal-être qui le rongeait depuis des mois, le renvoyant plus intensément au vide consubstantiel et à l'insoutenable dégoût de lui-même qu'il éprouvait.

*Au retour d'Euryphon, Périandre empoisonne son maître d'armes, supprimant ainsi le seul témoin des actes contre-nature auxquels il s'est adonné avec sa mère.*

*Périandre se marie avec Mélissa. Alors qu'elle est enceinte, il apprend le suicide de Kratéa. De colère et de tristesse, il repousse son épouse, qui veut consoler sa peine, d'un grand coup de pied dans le ventre. L'enfant qu'elle porte, nommé Kypsélos en hommage à l'ancien seigneur de Corinthe, naît débile. Périandre se repent de son emportement, la reine tombe de nouveau enceinte. Leur second fils, Lycophron, vient au monde sans encombre.*

*Dans la ville et dans le palais, des rumeurs se murmurent de lèvres en lèvres au sujet des rapports infâmes qui auraient lié Périandre et sa défunte mère. Mélissa s'en ouvre à lui, désireuse de connaître la vérité et de couper la salive aux mauvaises langues. Emporté dans une rage titanesque par ces accusations voilées et ces réminiscences, Périandre la lapide jusqu'au trépas. Pris d'insondables remords, il confisque tous les vêtements féminins de son empire et les brûle avec la dépouille de la défunte, dont il conserve les cendres dans un culte morbide.*

*Devenu adulte, Lycophron reproche à son père le meurtre de sa mère. Périandre l'exile à Corcyre, récemment conquise au prix de massacres d'une terrible sauvagerie. Dès lors, il règne en tyran sur son royaume. Redoutant complots et assassinats, il supprime toutes les familles patriciennes et s'appuie uniquement sur les passions versatiles de la plèbe. Sous sa férule, la puissance de Corinthe atteint son apogée. Il conseille à Thrasybule, seigneur et maître de Milet, d'appliquer une politique similaire à la sienne en coupant tous les épis qui dépassent, soit de se débarrasser des citoyens nobles pour mieux asseoir son autorité. Pour mater les désirs de révolte bourgeonnant à Corcyre, il offre à Alyatte II, roi de Lydie, trois cents fils des plus hautes lignées de la cité renégate afin qu'ils soient émasculés pour devenir des eunuques, mais les Samiens sauvent ces jeunes gens de leur funeste destin lors de leur escale à Samos.*

*Cette trahison plonge Périandre dans un désespoir abyssal où se mêlent lassitude du pouvoir, culpabilité et dégoût pour le naufrage de son existence. Il tente de se réconcilier avec son fils dans l'idée de lui céder son trône et de se retirer des affaires du monde. Lycophron accepte à condition que son père ramène ordre, paix et justice à Corcyre avant son avènement. Craignant des représailles sanglantes, les habitants de cette colonie assassinent le fils du tyran honni.*

*L'envie de vivre reflue alors définitivement des veines de Périandre. Une nuit, il emmène deux soldats avec ordre de suivre une certaine route, de tuer et d'enterrer la première âme qu'ils croiseront. En parallèle, il missionne quatre autres militaires pour supprimer et ensevelir les dépouilles des deux autres. Le visage grimé et nimbé d'obscurité, il se présente aux premiers et se livre au fer libérateur de leurs glaives, rejoignant les fantômes et les morts jalonnant sa destinée tragique.*

La journée avait été bonne quand, main dans la main, ils franchirent le seuil de leur maison. Rien qu'à sa manière de ne pas s'en laisser conter par les autres sauvageons qui osaient le bousculer au parc, elle le jugeait déjà plus courageux et plus affirmé que son fils. Oui, son caractère était plus trempé que celui de son père. Il la comblait et la gonflait de fierté au-delà de ses espérances.

« Mamie, je peux prendre un gâteau ?

— Bien sûr, mon amour. Mais n'oublie pas que “mamie”, c'est pour ta deuxième grand-mère. Moi, je ne suis pas encore assez vieille ! »

Il éclata de ce rire cristallin qui l'avait toujours fait fondre chez son prédécesseur. Leur complicité dépassait de loin celle qu'elle avait connue avec son fils. Et vu comment l'autre folle pataugeait dans sa neurasthénie mortifère, elle ne risquait pas de venir menacer leur intimité de sitôt. C'était mieux ainsi. Avec elle au moins, il accomplirait de grandes choses, il irait beaucoup plus loin et beaucoup plus haut que ne l'avait fait son père.

Lui ne la décevrait pas. Elle en était persuadée, elle le sentait au plus profond de ses entrailles de mère.

« On va se préparer pour le bain ? »

Après avoir ri à s'asperger l'un l'autre dans la baignoire, ils se recueillirent comme tous les soirs devant le petit autel que la mère avait érigé dans un angle du couloir à la mémoire de son fils. Y trônaient des photos de lui à tous les âges et dans les grands moments de cette existence qu'il avait lui-même interrompue lors de son dernier voyage dans le berceau de la Renaissance. Officiellement, un accident était venu faucher cette vie innocente qui n'avait pas eu le temps de tenir toutes ses promesses.

« Allez, mon amour, c'est l'heure du dodo, tu as école demain. »

Il se glissa dans les draps, serrant contre lui son doudou qui accompagnait jadis les aventures de son géniteur et veillait sur son sommeil.

Une fois qu'elle l'eut bordé, elle lui raconta de nouveau l'histoire de son père, l'homme grandiose qu'il aurait pu devenir s'il n'avait pas été emporté par le destin et la fatalité ; et elle lui dépeignait l'homme exceptionnel qu'il serait, lui, avec elle. Car tant qu'il l'écouterait, tant qu'il se conformerait à ses désirs, à sa volonté et à ses décisions le concernant, prises uniquement dans son intérêt, pour son bien, tant qu'il l'aimerait de cet amour inconditionnel, exclusif, total, toutes les beautés, toutes les joies et toutes les richesses de cette terre ici-bas lui appartiendraient.

Comment pourrait-il en être autrement puisqu'il était la chair de sa chair, son fils à jamais retrouvé ?

Remerciements

Tatiana de Rosnay et Jessica Nelson, mes fées à travers les années, pour leur amitié fidèle et jamais démentie.

Sophie Charnavel, mon éditrice, pour son courage éditorial et son enthousiasme littéraire.

Delphine Roché, pour son œil précis et intelligent.

Toutes les équipes de Robert Laffont, pour leur mobilisation et leur soutien.

François Samuelson, Charlotte Noël et Mathis Vaulerin-Lacroutz, pour leur soutien minutieux et leur accompagnement attentif.

La brasserie Le Chantefable et toute son équipe, c'est en travaillant au milieu d'eux que j'ai découvert le mythe de Périandre.

Marie et Emmanuel Clerc, ils savent pourquoi.

Richard Hervé, pour ses lectures de mon travail toujours sans concession.

Thierry Monier, pour la justesse et l'authenticité de ses lumières.

Horace et Pipper, pour leur énergie et leur joie de chaque instant qui ont bercé la naissance de ce roman.

Jenny et Gonzague, en souvenir d'un apéritif très espagnol dans leur merveilleuse Tissanderie.

Peggy Silberling, ma complice de vie, dont l'exigence et l'intransigeance intellectuelles ont porté ce roman là où il devait être.

Ce livre existe grâce au travail de toute une équipe.

*Communication* : Caroline Babulle, Sandrine Perrier-Replein, Typhaine Maison, Adélaïde Yvert.

*Coordination éditoriale et administrative* : Céline Poiteaux, Martine Rivierre.

*Studio* : Pascaline Bressan, Barbara Cassouto-Lhenry, Joël Renaudat.

*Fabrication* : Muriel Le Ménez, Céline Ducournau, Bernadette Cristini, Sophia Paroussoglou, Phousa Chantharath, Isabelle Goulhot, Émilie Lapan (Canada).

*Correction* : Emmanuelle Coppeaux, Valérie Gautheron.

*Commercial, relation libraires et marketing* : Laetitia Beauvillain, Alexandra Profizi, Élise Iwasinta, Morgane Rissel, Aurélie Scart, Clément Vekeman.

*Cessions de droits* : Isabelle Votier, Benita Edzard, Lucile Besse, Sonia Guerreiro.

*Gestion* : Sophie Veisseyre, Chloé Hocquet, Isabelle Déxès, Camille Douin.

*Service auteurs* : Viviane Ouadenni, Jean-François Rechtman, Catherine Reimbold.

*Ressources humaines* : Mylène Bourreau.

*Juridique* : Laëtitia Doré, Anaïs Rebouh, Valérie Robe, Jean-Benoît Vassogne, Julia Crosnier.

*Diffusion* : Aurélia Spalacci (directrice des ventes), Nadine Eugénie, Céline Pitt, Arnaud Weill, Hervé Adamczyk, Annie Bourgade, Éric Charpentier, Gilles Couillard, Sandrine Ducrocq, Élisabeth Ehlinger, Guillaume Loras, Jean-Philippe Pilloux, Philippe Maulnier, Gilles Torché, Élisabeth Gastaldo, Jean-Pierre Stephany (Belgique), Olivier Béguin (Suisse), Jean Bouchard et Marie-Ève Provost (Canada), Emmanuelle Cadot, Virginie Godet et Caroline Pan.

*Avec le soutien des équipes d'Interforum et d'Editis qui participent à la création, la diffusion et la distribution de ce livre.*

Canoros Vehit Canentes

La photocomposition de cet ouvrage
a été réalisée par
FACOMPO LISIEUX

MIXTE
Papier
FSC FSC® C003309

L'éditeur de cet ouvrage s'engage dans une démarche
de certification FSC® qui contribue à la préservation
des forêts pour les générations futures.

Pour en savoir plus :
www.editis.com/engagement-rse/

CET OUVRAGE
A ÉTÉ ACHEVÉ D'IMPRIMER
SUR ROTO-PAGE
PAR L'IMPRIMERIE FLOCH
À MAYENNE EN NOVEMBRE 2021

N° d'édition : 63290/01 – N° d'impression : 99458
*Imprimé en France*